אחרים לא עוד

OTHERED
NO MORE

ישמעאל את עשיו

Ishmael and Esau

BOOK #1

עֹפר אגם
OFER AGAM

ARCHWAY
PUBLISHING

Archway Publishing books may be ordered through booksellers or by contacting:

Archway Publishing
1663 Liberty Drive
Bloomington, IN 47403
www.archwaypublishing.com
844-669-3957

Because of the dynamic nature of the Internet, any web addresses or
links contained in this book may have changed since publication and
may no longer be valid. The views expressed in this work are solely those
of the author and do not necessarily reflect the views of the publisher,
and the publisher hereby disclaims any responsibility for them.

Any people depicted in stock imagery provided by Getty Images are
models, and such images are being used for illustrative purposes only.
Certain stock imagery © Getty Images.

ISBN: 978-1-4808-9356-6 (sc)
ISBN: 978-1-4808-9358-0 (hc)
ISBN: 978-1-4808-9357-3 (e)

Library of Congress Control Number: 2020913985

Print information available on the last page.

Archway Publishing rev. date: 02/03/2021

*This book is dedicated to my father, Benjamin Agam,
and to my brother, Zvi B Agam.
May their memories be a blessing.*

Special thanks to the following individuals
who supported my work,
and encouraged me to publish it:

Ami Goodman	Dan Silberstein
Rabbi Pam Frydman	Uri Lavie
Dr. Nazeer Ahmed, Director,	Yoel Moalem
American Institute of Islamic	Janice & Scott Rubin
History and Culture	Daniel Fryer
Rabbi Me'irah Iliinsky	Frieda & Al Sion
Rabbi Shana Chandler Leon	Jurate Raulinaitis &
Jen & Cliff Vaida	Kirk Schneider
Leslie Roffman & Robert A Goodwin	
Julie & Dan Brook	
Judith & Michael McCullough	

My uncle, David Agam
My cousin, Alon Agam
My sister, Osnat Agam
My wife, Nitza Agam
My sons, David and Orr Agam

Illustrated by Rabbi Me'irah Iliinsky

עשיו עד עמקי נשמתו הרוס הוא,	1	**Esau** is devastated
ונעלב.		To the depths of his soul.
ליבו כואב,		His heart aches,
ואינו מוצא דרכו		And he cannot find a way
בעולמו החדש.		In his new world.
האם ירע לאחיו יעקב?	2	Should he harm his brother, Jacob?
היסלח לרמאי,		Should he forgive the cheater,
לתחמן,		The trickster,
לגנב?		The thief?
ומה עם אימו רבקה,	3	And what about his mother,
האוהבת,		Rebecca,
הרכה,		The tender lover,
המדהימה ביופייה,		The exquisite beauty,
אשר את לב		Who captured his father's heart.
אביו יצחק היא שבתה.		*What will he do with her?*
מה יעשה בה?		
וצועד עשיו הגשמי בשדותיו,	4	And Esau, the material one,
צועד ולעצמו מדבר.		Walks in his fields
כעסו מתעצם וגובר.		And speaks to himself.
כתפיו העבות		His anger grows stronger.
כבדות		His thick shoulders are
ונפולות,		Heavy and slumped,
וקוצים נדבקים ברגליו		And thorns cling to
השעירות, האדומות.		His red-haired legs.

אל דודי אלך!	5	"To my uncle I shall go!"
חושב הוא בקול.		He thinks aloud.
אל י ישמעאל אלך		"To my uncle Ishmael I shall go
ולו אספר הכל.		And tell him all."

ובשתי אצבעותיו	6	And Esau points with two fingers
מצביע עשיו		To his herd of horses,
על עדר סוסיו,		And his faithful servant,
ועבדו הנאמן,		Who is always ready,
המוכן,		Saddles, feeds, and waters
אוכף, מאכיל, ומשקה		A pair of horses,
שני סוסים,		And hands his master
ומגיש הוא לאדונו		His sash for the journey.
את אבנטו לדרכו.		

האם ארכב עמך,	7	"Shall I ride with you,
אדוני?		My lord?"

לא,	8	"No,
לבדי אלך!		Alone I'll go!"

ועולה עשיו על סוסו האדום,	9	And Esau mounts his red horse,
הנבחר,		The chosen one,
והלה מיד יוצא בדהרה,		And it quickly leaves at a gallop,
ואחריהם צוהל סוס גבוה,		Followed by the neigh of a tall,
ושחרחר.		Black horse.
ובעזרת חבריו הנאמנים		And with the help of his loyal friends
המפוזרים במדבר הרחב,		Scattered throughout the wide desert,

אל דודו הרחוק	Esau quickly approaches
מתקרב הוא במהרה.	His faraway uncle.

וישמעאל,	10	And Ishmael,
תחת כובד החום		Under the heavy heat
ובערוב יום,		At day's end,
כאחיו, יצחק, הוא		Like his brother, Isaac,
כבר בא בימיו.		Is already in his latter days.
וכאביו, אברהם,		And like his father,
פתח אוהלו הוא יושב.		Abraham,
יושב ומשקיף סביבותיו.		He sits at his open tent door.
וכתמיד מתעלם הוא מצלצול		He sits and observes his surroundings.
הפעמון לארוחותיו.		And as usual he ignores the clang
		Of the bell for his meals.

ולאט לאט,	11	And Slowly,
וממרחק רב,		And from a great distance,
ומכיוון המערב,		And from the west,
ושמש בגבה,		With the sun on its back,
במעלה אופק ההר		Up the mountain's horizon
מתגלה לישמעאל		Ishmael notices
בועה אופפת אבק.		An effervescent form wrapped in dust.

מין גלגל אבק אדום וגדול,	12	*Some big and red wheel of dust,*
חושב ישמעאל ועוקב		Thinks Ishmael, and he follows with
בתמיהה...		Astonishment…
כרגיל מתעתעות בי עיניי		*As usual, my old and dim*
הזקנות,		*Eyes deceive me…*
הכהות...		*And what is the black dot*

3

ומה היא הנקודה
השחורה מאחור?

Behind?

ושוב מטריד הפעמון.	13	And again the bell Rings.
כשקם ישמעאל ללכת לסעוד את ליבו, פונה הבועה הישר אליו!	14	When Ishmael finally gets up To join dinner, Turns the dust ball straight At him!
נבהל ישמעאל ונפחד, ולהזהיר את שבטו מתכונן.	15	Ishmael is startled And is frightened, And he prepares to Warn his tribe.
אך הוא מרותק ובמקומו משותק. כידונו בידו המורמת, חרבו על מותנו באלכסון, ובשמאלו מורם מגנו.	16	But he is fascinated And in his place paralyzed. A javelin is ready in his hand, His sword diagonally rests on his waist, And a shield is raised with his left arm.
ומתבהרת דמות הרוכב הַגַשְׁמִי, הָאֲדָמְדַם, על סוסו אדום כדם.	17	And becomes clearer The reddish item: A rider On a blood-red horse.
וּבְעוֹדוֹ יושב על סוסו	18	And while the rider is still On his

המזיע,		Sweating
הנושף,		And blowing horse,
שותקים השניים זה		The two are silent
מול זה.		In front of each other.

האם דודי ישמעאל אתה?	19	Esau is cautious:
נזהר עשיו.		"Are you my uncle Ishmael?"

הבן אחי יצחק הינך?	20	"Are you my brother
שואל		Isaac's son?"
ישמעאל.		Asks Ishmael.

ועשיו מרכין ראשו	21	Esau bows down his head
לזמן רב,		For a long while,
ודמעות ענק זולגות מעיניו,		And huge tears flow down from his eyes,
ובמאמץ רב בקולו הגס והעבה		And with a great effort in his rough and
כתינוק הוא בוכה ואומר:		thick voice, like a baby he cries
אכן, עשיו הוא שמי.		And he says,
		"Indeed, Esau is my name."

ובעודו ממרר בבכיו,	22	And still bitterly crying,
בקפיצה יורד מעל סוסו עשיו.		Hops Esau off his horse.
רגליו פוגשות באדמה		His feet meet the ground
בכבדות רבה		Heavily
ומעלות ענן אבק.		And raise a cloud of dust.
ומיד נופל הוא עַל פָּניו		And immediately he falls on his knees
לפני דודו.		Before his uncle.

וְיִשְׁמָעֵאל,	23	And Ishmael,
עִם יָדוֹ עַל רֹאשׁ עֵשָׂו,		With his hand on Esau's head,
נִרְגָּשׁ אַף הוּא.		Is also emotional.
בֹּא, אוֹמֵר הוּא בָּרוֹךְ.		"Come," he softly says.
בְּיַחַד נִסְעַד		"Together we shall dine,
וְגַם לְסוּסְךָ אֶדְאַג.		And I'll care for your horses as well."
הַשָּׁחוֹר עֲבוּרְךָ הוּא לְמִנְחָה,	24	"The black horse is a gift for you,"
אוֹמֵר עֵשָׂו.		Says Esau.
וְיִשְׁמָעֵאל בְּקוֹשִׁי עוֹצֵר	25	And Ishmael barely holds
דְּמָעוֹתָיו.		His tears.
כַּמָּה טוֹב וְנָדִיב הוּא,		"How good and generous he is,
אֲחַיְינִי עֵשָׂו.		My nephew Esau."

וּמוּגֶּשֶׁת לָהֶם	26	And a table is set for
אֲרוּחַת אוֹרֵחַ מְכֻבָּד,		A distinguished guest dinner,

והשניים אשר בשתיקה סועדים,		And while they silently eat,
עדיין הם זרים,		Still strangers,
וּמִדי פעם זה בזה		They occasionally carefully
בזהירות הם מביטים.		Glance at each other.
וּלאחר זמן,	27	After some time,
ושבט ישמעאל כבר ישן,		When the tribe of Ishmael is asleep,
אומר עשיו בלחישה:		Esau says in a whisper,
מה טובו אהלך		"How good you are,
דודי ישמעאל.		My uncle Ishmael."
ושוב נבוך הוא		And again he is embarrassed
ודמעות חדשות בגרונו		With new tears in his throat
ומביט הוא היׁשר אל עיני דודו,		And he looks straight
ואומר:		Into his uncle's eyes and says,
מודה אני לפניך		"I thank you,
דודי ישמעאל.		My uncle Ishmael."
ובעודו יושב,	28	And, still sitting,
בשינה עמוקה נרדם עשיו,		Esau swoons in deep sleep,
ולצידו הוא נופל.		And onto his side he falls.
קם דודו ישמעאל		His uncle Ishmael gets up
ומכסהו בעור כבש רך.		And covers him with
והלה בשנתו מדבר,		A soft sheepskin cloth.
וממלמל,		In his sleep, Esau speaks,
ומתעצם קולו והוא		And he mumbles,
בזעם אומר:		And as his voice grows stronger,
את אחי יעקב		He rages,
להרוג אבקׁש!		"I want to kill my brother, Jacob!"

מְנַעֲרוֹ יִשְׁמָעֵאל,	29	Ishmael shakes him,
וּמְעִירוֹ.		And he wakes him.
וְעֵשָׂו מְבוּלְבָּל		And Esau is confused
וּמִתְבּוֹנֵן הוּא בְּדוֹדוֹ מֵעַל.		And is observing his uncle above.

וְאוֹמֵר יִשְׁמָעֵאל אֶל עֵשָׂו:	30	And Ishmael says to Esau,
מֶה לְךָ עָשָׂה		"What did your
אָחִיךָ יַעֲקֹב?		Brother, Jacob, do?"

וְזוֹעֵק עֵשָׂו:	31	And cries Esau,
אֶת נַחֲלָתִי לְעוֹלָמִים		"My inheritance forever
מִמֶּנִּי לָקַח!		From me he took!"

אֶת נַחֲלָתְךָ מִמְּךָ לָקַח?	32	*"Your inheritance he took?"*

וְנִרְעָשׁ יִשְׁמָעֵאל,	33	And Ishmael is shocked,
וּכְאֵב מוּכָּר		And a familiar pain
מִן הֶעָבָר הָרָחוֹק		From a distant past
מֵצִיף אֶת נִשְׁמָתוֹ.		Floods his soul.
וְשׁוּב בְּרֹאשׁוֹ מְהַדְהֲדוֹת		And again echo
הַמִּילִים הַכּוֹאֲבוֹת:		The painful words
אֶת יְחִידְךָ,		In his head.
אֲשֶׁר אָהַבְתָּ...		*Your only one,*
אֲשֶׁר אָהַבְתָּ...		*The one you love…*
		The one you love…

אָכֵן, דּוֹדִי!	34	"Indeed, my uncle!"
עֲדַיִן זוֹעֵק עֵשָׂו.		Still cries Esau.
וְשׁוּב דּוֹמֵעַ הוּא		And again his tears fall

היישר על האדמה	Straight onto the ground
תחתיו ואומר:	Below him, and he says,
האם תאמין שכך יעשה	"Would you believe that a
אח בשר ודם ?	Brother, a flesh and blood,
	Would do such a thing?"

ושותק ישמעאל לזמן רב	35	And Ishmael is silent for a long while
ודמעות חונקות גם בגרונו.		With tears in his throat as well.
ואז, כחולם בהקיץ הוא מצהיר:		Then, as if in a daydream, he declares,
כן עשיו...		"Yes, Esau…
כך אאמין!		So I believe!"

ומתעצם קולו,	36	And his voice grows louder,
ולא נזהר הוא		And he is not careful
לפני דודו,		Before his uncle,
וצועק עשיו:		And shouts Esau,
איך כך יתכן?		*"How can that be?"*
אך אינו נושא עיני עשיו		But he does not raise his eyes up
אל דודו ישמעאל מעליו.		To his uncle Ishmael above him.

ומנער בראשו ישמעאל:	37	And Ishmael shakes his head,
נחלה דבר ניתן הוא,		"A legacy is given to one,
לא נמכר או נלקח.		Not sold or taken."

אבל היא **כך** נלקחה,	38	"But it **was** taken,
ובמרמה דודי!		And deceitfully, my uncle!"

ספר לי עוד עשיו...	39	"Tell me more, Esau…
מדוע כך עשה יעקב?		Why did Jacob do that?

ואיך במרמה לו	And how deceitfully to him
נִתְּנָה נַחֲלָתְךָ?	Was given your inheritance?"
אומר ישמעאל	Says Ishmael
ולוקח את עשיו במרפקו,	And takes his nephew
והשניים עוזבים	By his elbow,
אל תוך החשכה הקרירה	And they slowly leave
לטיול.	Into the cool darkness for a stroll.

ועשיו אומר:	40	And Esau says:
קרא אבי יצחק בשמי		"My father, Isaac, called my name,
ואני לו עניתי הינני		And to him, I answered, 'Hineni'...
הינני! לו אמרתי.		**'Hineni!'** to him I said.
ואז הוא שלחני לשדה		And then he sent me to the field
שלו אצוד ואבשל מעדנים,		So that for him I hunt
ואז תברך נשמתו		And cook his favorite delicacy,
את נשמתי, בנו בכורו,		So his soul would bless mine, his eldest's,
לפני מותו הקרב לבא.		before his pending death.
ואז בהיעדרותי הוליך שולל אחי		And in my absence Jacob deceived
את יצחק הקשיש אבי,		The elder Isaac, my father,
תחת השגחת אימי		Under Rebecca my mother's,
רבקה,		Supervision.
אשר לבעלה היא בִּשְּׁלה		She cooked for her husband
את בשר הגדי הנפלא		His favorite,
והחביב עליו,		The wonderful goat meat
שאותו היא שמרה ושחטה בחצרה,		That she slaughtered in her yard,
והלה העיוור, חשב שאני		And the blind man thought
על ברכיי לפניו הייתי!		That it was I
כיוון שמיד הוסחה דעתו		On my knees before him!
בשל הבשר המבושל תחת אפו,		Because he was quickly distracted

שכביכול אני אותו צדתי עבורו.
אך במהרה יתרה הוא חשש
שלבקשתו את המעדן
הבאתי והכנתי אני לו.
אבל בשל האוכל
מידי יעקב הרכות והחלקות בבטנו,
שאותן ואת צווארו
הוא כיסה בשיער הגדי
ונהיו הן כשלי,
ואת בגדי הספוג בריחי
שעליו במהרה הישליכה רבקה אימי.
ובדיוק ברגע שחזרתי
עם מתנתי לאבי בידי
את אחי החלקלק והרך
אחרי שכנחש בי הוא נשך
ראיתיו במהרה מחליק ויוצא
מאוהל הוריי אחרי
שנישק ונתן אבי בידי הרמאי
יעקב אחי את נחלתו!
שנועדה היא לי!
לבכורו!
ועכשיו לעד תהיה היא לו!
ליעקב!
וכשסרב יצחק
ברכתו לי להשיב,
רק לאחר שבקולי זעקתי
ואליו התחננתי,
נתן לי אבי ברכה שונה--
ברכה פחותה,

By the cooked meat under his nose
That he thought I hunted
And prepared for him,
Although too soon I had returned,
He was concerned.
But because of the food
In his stomach from my brother's
Smooth hands and neck
That he covered with goat hair
So they felt like mine,
And in my clothes with my scent
That Rebecca, my mother,
Quickly tossed on him,
My father kissed and gave
To the trickster Jacob, my brother,
His inheritance!
Which was designated to me!
His firstborn!
And just as I came back in
From the field with my gift,
I saw my smooth brother,
Who bit me like a snake,
Slither away from my parents' tent.
And now my legacy forever will be
His!
Jacob's!
And when my father refused to return
His blessing back to me,
I cried loudly

ברכה אשר ליעקב תאומי היא כנועה,		And I pleaded,
ועליי הוא ימלוך.		He did give me a blessing—
		A lesser blessing,
		One in which my brother, Jacob,
		Will rule over me."
וישמעאל ראשו שוב מנער,	41	And again, Ishmael shakes his head.
ולעצמו הוא מהרהר:		And to himself he ponders,
כאחי יצחק, יעקב		*Like my brother Isaac, Jacob*
הוא הנבחר.		*Was the chosen one.*
וכמוני עבורו הוקרב		*And like me, Esau was*
עשיו.		*Sacrificed.*
ראשי כתוהו ובהו	42	"My head is in chaos
מעל כתפיי		Above my shoulders
דודי ישמעאל,		My uncle Ishmael,"
אומר עשיו		Says Esau
ומכסה את אוזניו בידיו.		And covers his ears with his hands.
זו אימי רבקה אשר		"It was my mother, Rebecca, who
באחי יעקב		Chose my brother Jacob
ולא בי היא חפצה.		And not me she wanted."
ובחרש ממרר בבכי	43	And Ishmael is
ישמעאל.		Quietly and bitterly crying.
והוא שואל:		And he asks,
ומדוע כך עשתה		"And why did
אימך,		Your mother do that,
עשיו?		Esau?
מדוע ביעקב היא בחרה		Why did she choose Jacob

ולא בךָ ?		And not you?
האם לא הבכור אתה		Was not you the firstborn
והראשון		And the first to
מרחמה יצאת?		Have come out of her womb?"

כיוון שכך הוא...	44	"Because it is so…"
חושב בקול עשיו.		Thinks out loud Esau.
אבי יצחק אותי אהב, חשבתי.		"My father, Isaac, loved me, I thought.
ואימי רבקה אותו.		And my mother, Rebecca, him.
את אחי תאומי יעקב.		My twin brother, Jacob."

ועד היום הארור ההוא,	45	"And until that damned day,
אחייני עשיו,		My nephew Esau,
הקרה דומה?		Did anything similar happen?
האם אותך		Did your mother, Rebecca,
כך בעבר הִפְלתה,		Discriminate against you
אימךָ רבקה?		Like this?

לא!	46	"No!
מעולם לא!		Never!
עד הרגע הנורא,		Until that terrible moment,
לא ידעתי צער		I did not know sorrow
ולא אפילו אי נוחות.		And not even discomfort.
בשדותיי הלכתי,		In my fields I walked,
ואת טורפֵי עדריי		And predators of my herds
במו ידיי		With my own hands
הרגתי.		I killed.
ובהנאה משתין בקיר		And with pleasure I urinated
הייתי.		On the wall.

13

ומנחת צייד באהבה לאבי		And with love to my father
הבאתי...		Game I hunted and brought to him…

אבל מאז,	47	"But since then,
ממשיך ושורד רק בצער,		I continue and survive only in sorrow,"
אנוכי עשיו.		Says Esau.
מאז רק בכאב התנסיתי...		"Since then, only pain I have
מאז דואבת נפשי,		Experienced.
וכואב ליבי בחזי.		Since then, sorrowful is my soul
		And aches my heart in my chest."

ועשיו מתכוון להמשיך בדבריו,	48	And Esau intends to continue
אך פתאום חש הוא בדבר מעליו		With his words,
ונושא הוא את עניו.		But he senses something above him
ונבוך הוא,		And he raises his eyes.
נדהם הוא,		And he is embarrassed,
על שבשקט בוכה		And he is astonished,
דודו		For his uncle Ishmael
ישמעאל.		Is quietly crying.

ומדוע...	49	"And why…
מדוע יבכה דודי?		Why cries my uncle?"
שואל עשיו.		Asks Esau.

רק בשל סבלך אסבול	50	"Only for your suffering I suffer
ואבכה גם אני אחייני,		And I cry, my nephew,"
לוחש במאמץ הבכי ישמעאל,		With the effort of crying
שאת שפתיו הרועדות		whispers Ishmael

ולשונו נוצר הוא		Whose trembling lips
מדבר רע		And tongue he bites
על אביו, אברהם,		From speaking ill
הוא סב עשיו.		Of his father, Abraham,
		Esau's grandfather.

ונושא ישמעאל עניו הדומעות	51	And the tearful Ishmael looks up
אל ההרים אשר בחשכה מכהים.		To the darkening mountains.
ובליבו הוא מתפלל,		And in his heart he prays,
תן בי את האון שאשמור בתוכי		*Give me the strength so that in me*
את יגוני, את בושתי, את ייאושי,		*I will keep my grief,*
ולעד אנצור לשוני.		*My shame, and my despair,*
		And forever I will preserve my tongue.

וזמן רב אל	52	And a long part of
תוך הלילה עובר,		The night passes,
ובשתיקתו נזכר הוא		And he thinks of
בשמו עצמו,		His own name,
ישמעאל.		Ishmael.
והנה, כבר מרבית		*And behold,*
שנותי מאחוריי,		*Most of my years are behind me,*
הוא מהרהר.		He thinks.
ולמרות שאת עוני		*And though the Lord has heard my*
אימי שמע האל		*Mother's plea*
ושבירכני בכל,		*And blessed me with everything,*
עדיין כואבת		*Still hurts*
וצורבת נפשי		*And burns my soul*
על אובדן בכורתי		*The loss of my birthright*

ושנתן אותה אבי לאחי
ולא כראוי, לי.

To my brother Isaac
And that it was not properly
Handed to me by my father.

ואז נרגע מעט ישמעאל,   53
אבל שוב בראשו הוא מנער.
ובדבריו אל עשיו
הוא בשקט מתחיל:
בבוכה אני כיוון...

Then Ishmael calms a bit,
But again he shakes his head.
And in his words to Esau
He quietly goes on.
"I'm crying because..."

אך עשיו   54
שכבר לזמן רב
שמר הוא את דבריו,
וכתמיד פורצות מפיו
מחשבותיו,
כאילו לעצמו בקול הוא אומר:
ומדוע?

But Esau,
Who had already kept silent
For a long while,
And as always burst out of his mouth
His thoughts,
As if to himself, he says,
"And why?"

וישמעאל שאינו רגיל בהפרעות,   55
עוצר במחצית מילותיו
עם חיוך משהו על פניו.
וכן אחייני,
הוא אומר,
מהו דברך?
מדוע מה?

And Ishmael, who is not accustomed
To interruptions,
Stops in half his words
With somewhat a smile on his face.
And "yes my nephew,"
He says,
"What says you?
Why what?"

מדוע?	56	*"Why?"*
שוב מרים קולו עשיו.		Again Esau raises his voice.
מדוע עֶבֶד אני ליצריי?		"Why am I a slave to my desires?"

וישמעאל לרגע חושב.	57	Ishmael thinks for a moment.
ואז בשקט הוא שואל:		And then quietly he asks,
הלא כולנו כך,		"Aren't we all like this,
עשיו?		Esau?"

בהחלט דודי...	58	"Certainly, my uncle…
אולי ...		Maybe…
אך יצריי		But my desires
תמיד אותי מכניעים --		Always win over me—
תמיד!		Always!"

ונובֵחַ עשיו מגרונו,	59	And Esau barks from his
אשר מבכיו הוא צרוד:		Throat, hoarse from crying,
על נחלתי		"My inheritance
ויתרתי		I gave up
בעבור נזיד עדשים!		For lentil stew!"

בעבור נזיד עדשים...	60	"For lentil stew…"
חוזר בתמיהה		Ishmael repeats
ישמעאל.		In wonder.
בעבור נזיד עדשים?		"For lentil stew?"

כן!	61	"Yes!
נזיד עדשים!		Lentil stew!"

17

וממשיך עשיו:	62	And Esau continues:
מן השדה בסוף יום חזרתי,		"From the field at the end of the day
וכתמיד		I returned,
עינתה בי בטני		And as always
בגלי רעב עזים.		My stomach tortured me
ומיד ביקשתי		With strong waves of hunger.
שילעיטני יעקב אחי		And immediately I asked
מן האדום האדום הזה,		My brother, Jacob, that he gives me
נזיד העדשים הנפלא שבידו.		From this so red
		The wonderful lentil in his hand.

וכשרואה בחולשתי אחי,	63	"And when saw my brother my
שם הוא את זה הסיר תחת אפי		Weakness,
ומתעצם אף יותר רעבי.		He put the pot under my nose
ואז מיד הוא משביעני		And intensified my hunger.
שבעבור זה מעט האוכל,		And right then he made me swear
אמכור לו בכורתי.		That for this little food,
ומסכים אני לדרישתו,		I would sell him my firstborn rights.
דודי ישמעאל!		And I agreed to his demand,
ומקלס אני את נחלתי!		My uncle Ishmael!
		And I arrogantly mocked my legacy!

ורק אחרי ששבע ליבי,	64	"And only after my hunger subsided,
החלו בליבי מחשבות רבות		I had many thoughts in my heart,
מחשבות רעות.		Bad thoughts.
וכשסרב אבי		And when my father refused
להשיב לי את ברכתי		To return my blessing
אשר נתן הוא		Which he gave
לאחי במקום לי,		To my brother instead of to me,

וּכְשֶׁהֶחֱלִיף הָאֵל אֶת שְׁמִי   And when God changed my name
לֶאֱדוֹם—   To Edom—
שֶׁהוּא אוֹיֵב לְעַמֵּנוּ,   Who is an enemy of our nation,
אוֹיֵב אָיֹם! --   A terrible enemy! —
אָבַדְתִּי אֶת בִּטְחוֹנִי.   I lost my confidence.
שֶׁמָּא אָרַע לְאָחִי,   Lest my only brother I should hurt,
אָחִי הַתְּאוֹם הַיְּחִידִי,   My only twin brother,
וְאוּלַי אֲפִילוּ גַם בְּאִמִּי   And maybe even my mother,
שֶׁכֹּה אוֹהֵב אוֹתָהּ אֲנִי,   Who I love so much,
הִיא אֵם יַלְדוּתִי,   The mother of my childhood,
בְּכַעֲסִי, אֶפְגַּע.   In my anger I would hurt.
וְאָז אֵלֶיךָ דּוֹדִי   And then to you, my uncle,
מִיָּד יָצָאתִי.   I immediately left."

וּמַדּוּעַ אֵלַי בָּאתָ,   65   "And why to me you came,
אֲחִייָנִי?   My nephew?"

כֵּיוָן שֶׁדּוֹדִי הִינְךָ,   66   "Because you are my uncle,
וְלֹא יָדַעְתִּי אָנָא אֲנִי בָא.   And I did not know where to go.
וּמְחַפֵּשׂ אֲנִי אַהֲבָה וּרְגִיעָה,   And I seek love and relaxation,
וְאוּלַי לְאָב מַחֲלִיף   And perhaps a replacement father
לִי תִּהְיֶה.   You will be for me."

אַךְ לֹא מְסַפֵּר עֵשָׂיו לְדוֹדוֹ יִשְׁמָעֵאל   67   But Esau does not tell his uncle
עַל שֶׁשָּׁמַע אֶת דִּבְרֵי אָבִיו יִצְחָק   That to his wife Rebecca's demands
אֲשֶׁר לִדְרִישַׁת אִמּוֹ רִבְקָה   Isaac gave in,
הִיא אִשְׁתּוֹ, הוּא נִכְנַע   Nor about having heard
וְשֶׁעַל בְּנוֹ יַעֲקֹב הוּא צִיוָּה   His father's words
שֶׁלֹּא מִבְּנוֹת כְּנַעַן יִשָּׂא הוּא   When his son Jacob he commanded

19

לו לנשותיו,

That no Canaanite girls he

אלא מבנות לבן בן-בתואל הארמי,

Would take for wives,

אחי אימו רבקה, הוא יבחר.

But from the daughters of

וכשראה עשיו כי רעות הן

Ben-Bethuel the Aramaic,

בנות כנען בעני הוריו,

His mother Rebecca's brother,

החליט הוא, עשיו, שמבנות,

He would choose.

ישמעאל הכנעניות,

And that Esau saw that evil were

מדודו יבקש.

The Canaanite women

In his parents' eyes,

And that therefore he, Esau,

Decided to ask Ishmael for

Permission to take one his

Canaanite daughters, for a wife.

כן, עָשָׂיו, מבין אנוכי, אומר ישמעאל.   68   "Yes, Esau, I see," says Ishmael.

ומה שלום אחי יצחק?   "How is my brother Isaac?"

מאוכזב הוא מאֹד,   69   "He is very disappointed,"

אומר עשיו,   Says Esau,

על שבפחד וכנוכל   "For in fear and like a crook

ברח אחי יעקב,   My brother Jacob fled,

ועל שאימי בָּגְדָה בְּמְסִירוּתוֹ   And for my mother's betrayal of his

ובאהבתו   Love and devotion to her

כשבשלה עבורו סעודתו   When she cooked for him

ונצלה את חולשתו.   His favorite meal

And exploited his weakness."

וממשיך עשיו: 70   And Esau continues:

וגם עיוור הוא אבי,   "And blind is my father,

וסובל הוא,		And he suffers,
וּבְקרוב ייאסף הוא אל		And soon he will be gathered
עולמו,		Into his eternal world,
וצער כה רב וכבד		And a great deal of sorrow
כבר בי שוכן.		Already resides in me."

אז חזור אֵליו	71	"So, go back to him,
עשיו.		Esau.
חזור עכשיו!		Return now!"
מצהיר בבכי ישמעאל,		Declares Ishmael while weeping,
שמא ללא אחד		"Lest without any
מבניו יהיה לרגלי מיטתו		Of his sons at the foot of his bed
ולבדו הוא ילך		And alone he will
לעולמו.		Die."

ושוב נבוך עשיו,	72	And Esau is embarrassed again,
ורוצה הוא לנחם את דודו		And he wants to console his uncle,
העומד מעליו וממולו.		Who is standing above him.
פניו הזקנות		His face is old
מאורכות		And extended
ושחומות,		And sunburned,
ורועד שׂער זקנו הלבן,		And trembling is
וכבר לא בוש הוא		The white hair of his beard,
בבכיו.		And no longer he is ashamed
		Of his tears.

אך אין מילים בפי עשיו	73	But there are no words in Esau
בהן להקל		To ease Ishmael's pain

על דודו,	Because about his brother, Jacob,
כיוון שעל אחיו, יעקב,	He is angrily thinking:
ברוגז הוא חושב:	*Should not my brother Jacob, whom*
הלא אחי יעקב אשר	*Our father, Isaac, chose before me,*
אביו יצחק על פניי בו הוא בחר,	*Next to his bed shall sit*
ליד מיטתו ישב	*And him on his last journey*
ואותו בדרכו האחרונה	*To his death he will accompany.*
אל מותו ילווה?	

ופתאום כיֵש מאין,	74	And suddenly from nowhere,
כרוח קרירה וּנעימה ביום		Like a cool and pleasant breeze on an
דְּכָאון חֹם כבד וּמעיק,		Oppressive day of heavy heat,
שומע עשיו קול קסום		Esau hears a voice
וכה כה נעים וּמשכר:		So pleasant and sublime.
עשיו, עשיו,		"Esau, Esau,"
אומרת בת קול.		Says Bat Kol.

כן, עונה עשיו בעניין	75	"Yes," answers Esau with interest
וּבוהה הוא במבטו		His gaze
לעבר ישמעאל דודו,		Toward his uncle Ishmael,
והלה מֵביט לאחוריו		Whose head turns backward
ואחר שוב חוזר		And then
מבטו אל		Forward again to look back at
עשיו.		Esau.

ורוצה עשיו לשאול	76	And Esau wants to ask
את דודו		His uncle
וּלווֹדא את		And make sure

ששמעה אוזנו,		Of what he heard,
אך 'ששש' אומרת לו בת קול,		But "Shh," says Bat Kol,
לא ישמע קולי דודך		"Your uncle Ishmael
ישמעאל...		Does not hear my voice…
דבר אליו ובו הָפְצר		Speak to him and beg him
כיון שמגן הוא עלךָ		Because he protects you
ולא לך את האמת		And not the truth
יספר.		He will tell you."

ועשיו בקול ללא קול	77	And Esau, with a silent voice,
את הקול הנהדר שואל:		Asks the wonderful voice:
וּמי את גבירתי?		*And who are you, my lady?*
וּמֵאָין באת?		*And where did you come from?*

אין בכך חשיבות	78	"It does not matter
כי לא פה בעבורי אנוכי		Because I am not here for me
אלא בְּשליחותו אני...		But on a mission from Him I am…
הפצר בדודך...		Urge your uncle…
התחנן אל ישמעאל		Beg of Ishmael
שמא בשנית את		Lest you again lose
ייעודך תאבד!		Your destiny!"

וּמה לו אומר?	79	And what would I say to him?
שואל עשיו.		Asks Esau.
ואיך בו אפציר		And how will I urge him
אם בעולי הוא נושא,		If my burden he carries,
ובשל סבלי הוא סובל		And due for my suffering
ובוכה?		He suffers and he cries?

לֹא כָּךְ הוּא, עֵשָׂו,	80 "This is not so, Esau,
אוֹמֶרֶת בַּת קוֹל.	Says Bat Kol.
דּוֹדְךָ, כָּמוֹךָ כּוֹאֵב הוּא.	"Your uncle like you is in pain.
וּמֵעוֹלָם אֶת לִבּוֹ	And he never let it out
לֹא שָׁפַךְ.	Of his heart.
וְשָׁנִים רַבּוֹת דּוֹאֶבֶת	And for many years
נַפְשׁוֹ.	Sorrowful is his soul."

וְנִרְגָּשׁ שׁוּב עֵשָׂו,	81 And Esau is emotional again,
וְנִסְעָר.	And he is upset.
וּמֶה לְדוֹדִי קָרָה?	What happened to my uncle?
שׁוֹאֵל הוּא אֶת בַּת קוֹל.	He asks Bat Kol.
וְאֵיךְ גּוֹרָלוֹ כְּגוֹרָלִי?	And how is his fate like mine?

וּבַת קוֹל אֶת קוֹלָהּ מְרִימָה	82 And Bat Kol raises her voice
וּמְצַוָּוה:	And she commands:
אוֹתוֹ תִּשְׁאַל אַתָּה,	"Him you shall ask,
עֵשָׂו!	Esau!
פֶּן יַפְסִיק בְּכִיוֹ,	Lest he stops crying,
וְלֹא יוּכַל הוּא לְהַמְשִׁיךְ	And will not be able to continue
וְלִכְבּוֹשׁ כַּעֲסוֹ	To conquer his anger
כְּפִי שֶׁהִצְלִיחַ מֵאָז יַלְדוּתוֹ,	As he has done since his childhood,
אַחֲרֵי שֶׁאוֹתוֹ קִלֵּל הַמַּלְאָךְ	And then, like before,
בְּעוֹדוֹ בְּבֶטֶן אִמּוֹ לִפְנֵי הִיוָּולְדוֹ,	His curse by the angel before he was
וְאָז כְּדַרְכּוֹ הַיָּשָׁנָה	Born will return,
תָּשׁוּב וְתִשְׁכּוֹן בּוֹ קִלְלָתוֹ,	The wild inside him,
הַפֶּרֶא שֶׁבְּתוֹכוֹ	Which puts his hand in everything,
שֶׁיָּדוֹ בַּכֹּל וְיַד כֹּל בּוֹ.	And every hand is on him.
וְהוּא, יִשְׁמָעֵאל,	And he, Ishmael,

Hebrew		English
אותך ישלח מעל פניו.		Will send you away from him.
ולעולם ישמור דבריו		And he will forever seal his lips,
ולשליחותך		And to your mission
לבדך תלך!		Alone you shall go!"
ומה היא שליחותי?	83	"And what is my mission?
חושש מאֹד עשיו.		Fearful is Esau.
ומה הוא ייעודי?		And what is my destiny?
ומה אם נֹח		And what if comfortable
אנכי כאן במצבי?		I am in my situation here?"
ואומרת בת קול:	84	And Bat Kol says:
הלא חשבת, עשיו,		"Didn't you think, Esau,
ששליחותך		That your mission
וייעודך		And your destiny
בברכת אביך,		Were hidden from you in the
יצחק, את יעקב,		Blessing of your father,
טמונים היו,		Isaac, unto Jacob,
ואפילו שלֹא מה		And yet you wanted
שהן היו ידעת		Them then?"
בהן חפצתָ?		
ועשיו לרגע שותק,	85	And Esau is silent for a moment,
וממשיכה בת קול:		And Bat Kol continues:
הצדקה אימך, רבקה,		"Was your mother, Rebecca,
כשאת יעקב		Correct when in Jacob
לפניך ובמקומךָ,		She chose before you,
היא בחרה?		And, in your place, him she selected?
ואם נֹח אתה במקומךָ,		And if comfortable

25

עשיו,
You are in your place, Esau,

אז מה מעשךָ כאן
Then what are you doing here

עם דודךָ?
With your uncle?"

86 אכן, עונה עשיו ללא דיבור.
86 *Indeed*, Esau says to her without
Speaking.

אבל הרי כבר הכל לך סְפַרתּי
But I have already told you everything,

ועתה אל ביתי אחזור.
And now to my home I shall return.

87 בת קול אֵינה עונה.
87 Bat Kol does not answer.

ומחכה עשיו
And Esau is waiting

לזמן רב
For a long time

ובציפייה רבה,
And with great anticipation,

אך עדיין שומרת היא
But she remains

לשונה.
Silent.

88 אל תעזביני!
88 "Do not forske me!"

לפתע זועק בקולו
Esau suddenly cries

עשיו.
Aloud.

89 ואל תשליכיני!
89 "And do not toss me away!"

צועק הוא שוב.
He shouts again.

90 אך שוב אין מבחין הוא
90 But again, he does not notice

בדודו הכפוף
His bent uncle

העומד ודומעַ מולו.
Standing and tearing in front of him.

91 ומביט ישמעאל אל על
91 And Ishmael looks up

אל שמי הבוקר
To the brightening

המבהירים		Morning skies
ואל הכוכבים		And to the fading stars
אשר לקראת אור		By the morning light,
הבוקר הם דוהים,		And he also cries out:
וזועק גם הוא:		"And do not leave me again,
ואל תעזביני אף אני		Either!"
בשנית!		

ובת קול אל עשיו לבסוף	92	And Bat Kol to Esau
חוזרת ואומרת:		At last says:
החש אתה בייאוש דודך		"Can you feel your uncle's despair
וּבְתחנוניו		And his pleading
אל האל מעליו?		To God above him?"

ומתנער עשיו,	93	This startles Esau,
ומתעשת,		And he comes to his senses,
וללא קול		And without sound
עונה הוא לבת קול:		He replies to
אכן, מרגיש בייסוריו		Bat Kol:
אנוכי.		*Indeed, I do feel his agony.*

אם כך, עשיו,	94	"If so, Esau,
האם כדבריי תעשה?		Will you do as I say?"
שואלת בת קול.		Asks Bat Kol.

כדברייך אעשה,	95	*I will do as you say,*
עונה עשיו,		Esau answers,
אך איך אתחיל		*But where do I start?*
וּמָה לו אומר?		*And what to him do I say?*

קום ועל רגלך	96	"Stand up on
עמוד, עשיו,		Your feet, Esau,
ומים הגש		And serve water
לדודך ישמעאל.		To your uncle Ishmael."

וּבְעַד עשיו	97	And while Esau
כִּדְבָרֶהָ עושה,		Does as she says,
ממשיכה בקולה		Bat Kol speaks
בת קול בדבָרֶהָ אליו:		To him with her words to him:
חזור אחריי,		"Repeat after me,
ואמור לדודך ישמעאל:		And say to your uncle Ishmael:
לילה ארוך וקשה עברתָ		'You went through a long and hard night,
דודי.		my uncle.'"

ועשיו,	98	And Esau,
בהגישו לו מים קרירים		While serving cool water
אל דודו הוא אומר:		To his uncle, says:
לילה ארוך וקשה עברתָ		"You went through a long and hard
דודי.		Night, my uncle."

וכשלוגם בצימאון	99	And while his thirsty uncle
מין המים דודו		Is sipping from the water
ממשיך עשיו		Esau continues
ללא עזרת בת קול,		Without help from Bat Kol,
ולו הוא אומר:		And to him he says:
וזמן רב עבר מאז נחתָ,		"And it has been a long time since you
וּבווַדאי מאד עייפתָ,		rested,
דודי ישמעאל.		And you must be very tired,
		My uncle Ishmael."

ואז בדחיפות שואל עשיו	100	Then Esau urgently asks Bat Kol
ללא קול		With no voice:
את בת קול:		*And what do I now say to my*
ומה עכשיו אומַר לדודי העייף?		*Tired uncle?*

הודה לו	101	"Thank him
עשיו,		Esau,
על שֶׁלְּךָ הקשיב		For listening to you
לזמן כֹּה רב.		For such a long time."

ואז...	102	*And then...*
ומה אומַר לו אז?		*And what would I tell him then?*

ואז דודך ישמעאל דבר לא	103	"And then your uncle Ishmael
יאמר,		Will not say anything,
וְאָתה אליו תתנצל.		And you to him will apologize."

אתנצל?	104	*Apologize?*
מדוע אתנצל?		*Why should I apologize?*
ועל מה אתנצל?		*And what will I apologize for?*

בשל דברים רבים	105	"For many things
תתנצל, עשיו...		You will apologize, Esau...

לדוגמא,	106	"For example,
התנצל על שבדברך		Apologize that
בו עוררת עצבות		Your story has awakened
כֹּה רבה.		So much sadness in him."

אבל לא כך הייתה	107	*But I did not mean*
כוונתי לעשות!		*To so do!*

כמובן,	108	"Of course,"
מסכימה בת קול,		Bat Kol agrees,
ויודע על כך דודך		"And this is known to your uncle Ishmael,
ישמעאל,		But it would make things easier for
אך יקל עליו מאֹד		Him if he knew that you understood
אם ידע שמבין אתה		His suffering.
את סיבלו.		And an apology is a subtle
והתנצלות היא דרך מעודנת		And a graceful way
ומעודדת		To move your conversation
להעביר את שיחתכם אליו		Onto him and to his problems."
ולבעיותיו.		

הלֹא לך כבר אמרתי	109	*Have not I already said to you*
שבסבל דודי		*That my uncle Ishmael's*
ישמעאל		*Suffering*
נוכחתי?		*I realized?*

זה נכון,	110	"This is true.
אמת,		Indeed, to me you said it,
אכן כך לי אמרתָ,		Esau,"
עשיו.		Says Bat Kol.
אומרת בת קול,		"But your uncle doesn't know about it
אך לא יידע על כך דודך		From you
ממך		And from your mouth."
וּמִפּיךָ.		

וּמַדּוּעַ זָקוּק דּוֹדִי לִדְבָרַיי	111	And why does my uncle need my words
אִם שְׁלִיחַת אֵל אָתְּ,		If you are a messenger from God,
וְלִדְבָרַיִךְ בְּוַדַּאי יַקְשִׁיב		And to your words will surely listen
יִשְׁמָעֵאל,		Ishmael,
וּכְשֶׁיֵּדַע הוּא		And when he will know
שֶׁמִּמֶּנּוּ,		That from Him,
שֶׁמֵּהַכֹּל יָכוֹל		From the Almighty,
הִגִּיעָה עֲבוּרֵנוּ		To us came
הַמְּשִׂימָה		The mission
וְהַבַּקָּשָׁה,		And the request,
הֲלֹא מִיָּד יֵידַע		Will not my uncle
דּוֹדִי יִשְׁמָעֵאל		Immediately know
וְיֵיעָתֵר?		And accede?

אָכֵן בִּשְׁמוֹ אֲדַבֵּר,	112	"Indeed, for Him I speak,
אַךְ אֵינֶנִּי יוֹדַעַת אִם		But I do not know if
כֹּל יָכוֹל הוּא,		Omnipotent He is,
עֵשָׂיו.		Esau."

מַדּוּעַ כָּךְ תֹּאמְרִי	113	Why would you say that,
גְּבִרְתִּי,		My lady,
שֶׁאֵין כֹּל יָכוֹל		That God is not omnipotent?
הוּא הָאֵל?		Esau wonders,
מִתְפַּלֵּא עֵשָׂיו,		And Bat Kol
וְאֶת בַּת קוֹל הוּא שׁוֹאֵל.		He asks.

כֵּיוָון שֶׁלֹּא יוֹדֵעַ הָאֵל	114	"Because God can't predict
אֵיךְ יִתְנַהֵג הָאָדָם,		How man will behave,"
אוֹמֶרֶת בַּת קוֹל.		Says Bat Kol.

רק מקווה הוא--	"He only hopes—
מאד מאד מקווה הוא--	How very much He hopes—
שטוב יהיה האדם	That man is good
ושטוב יעשה...	And that good he will do...
מפני שפעם,	Because once upon a time,
לפני שנים רבות,	Many years ago,
אחרי שברא האל	After God created
את העולם,	The world,
מאס הוא בבני האדם	He detested human beings
שרק מחשבות רעות היו בליבם	That only evil thoughts were in their
כל היום.	Hearts the whole day.
ובעצב רב אותם	And with great sadness them
ואת כל החי באדמה	And all living on the earth
הוא מחץ	He smashed
כי באדם טוב יותר	Because a better person
הוא חפץ.	He wanted.
אך לא דבר כזה	But no such thing
הוא שוב ינסה	He will try again
כי כה רבים האנשים	Because so many people dwell on the
השוכנים באדמה אליה אתם תגיעו	Earth where you will arrive,
ולפיכך, זקוק הוא לכם.	And therefore, He needs you.
ומבקש הוא מכם שֶׁנָכֶם	And He asks from you two
שטוב תעשו,	That good you will do,
ושאליו תצטרפו	And that to Him you will join
על מנת לבצע רצונו	In order to perform His will
דרכיכם ובעזרתכם.	Through you and with your help.
אך לא יידע האל	But God does not know
אם ייעתר ויעזור	If will accede and help us
לנו זה דודך	Your uncle

Hebrew		English
ישמעאל,		Ishmael,
כיוון שלמרות שאליו		Because even though
מדי פעם הוא מתפלל,		Every so often to Him he prays,
לא תמיד מרגיש		Not always he feels
הוא שישמעהו האל		That God hears him
או שמקשיב הוא לו,		Or that He listens to him,
לישמעאל.		To Ishmael."
ומדוע כך חושב ישמעאל,	115	*And why does Ishmael so feel,*
מדוע חושב הוא		*Why does he think*
שלא אוהב אותו		*That God does not love him*
או שלא מקשיב		*Or that God does not*
לו האל?		*Listen to him?*
בת קול מזכירה לעשיו:	116	Bat Kol reminds Esau:
כיוון שָׁנָתן בו		"Because the angel,
המלאך שליחַ האל,		A messenger from God,
וכך גם אמרה לו		Ordained—so his mother, Hagar, told
אימו הגר,		Ishmael—
שפרא אדם, יהיה...		That a wild man he would be...
כמין שד.		A kind of demon."
...ומדוע	117	*And why...*
מדוע כך עשה		*Why did the angel*
המלאך?		*Do that?*
לא אדע מדועַ,	118	"I don't know why,
ולא אבין איך כך ייעשה		And I cannot understand how
לחף מפשע ולתמים,		This can be done to the

לפני היוולדו עשיו.	Innocent before he is born
אך ממש כמוך,	Esau.
ולמרות שבן בכור	But just like you,
היה הוא לסבך	Although a firstborn son
אברהם,	He was to your grandfather
נפסח אף הוא,	Abraham,
ולאחַר בעמו נהיה,	He was also passed over,
ואחיו הצעיר, יצחק,	And the *other* in his nation
אביך,	He became.
הוא הנבחר.	And his young brother, Isaac,
	Your father,
	He is the chosen one."

ועשיו לעצמו ואל	119	And to himself and to
הקול הוא חושב:		Bat Kol Esau thinks:
האם תדיר הוא		*Is it frequent that*
שעל הבכור		*The firstborn*
כך פוסק האל?		*Is passed over like this?*

האם לא יודע	120	*Does not the father of the firstborn know*
אב הבכור על העלבון		*Of the insult*
ועל הצער		*And the grief*
שבמעשיו הוא		*His deed causes.*
גורם?		

ואם כך עושה האל,	121	*And when so He does,*
מדוע לא מוחה		*Then why does not*
אב הבכור ומתנגד		*The elder's father resist and protest*
על מנת להגן		*To protect*

עַל בְּנוֹ בְכוֹרוֹ   *His firstborn from*

מְבוּשָׁה זוֹ?   *This shame?*

לֹא בְּשֵׁם אַבְרָהָם הָאָב אֲדַבֵּר   122   "I will not speak for father Abraham

וְלֹא בִּשְׁמוֹ אֲדַבֵּר   Nor for Him

בְּעִנְיַן זֶה עֵשָׂו.   In this regard, Esau.

יִבְחַר הוּא אֶת אֲשֶׁר   He will choose

יִבְחַר,   The one He will choose,"

אוֹמֶרֶת בַּת קוֹל,   Says Bat Kol,

אַךְ אוּלַי חוֹשֵׁב הוּא   "But maybe He thinks

שֶׁבִּזְמַנֵּנוּ זֶה,   That in our time,

בִּימֵנוּ אֵלֶּה,   During these our days,

מְצַפֶּה עַמּוֹ כֻּלּוֹ,   His entire nation

שֶׁעַל מְנָת לְהַעֲלוֹת   Expects that,

אֶת מִדַּת הָאֶחָד   To elevate

אֲשֶׁר בּוֹ הוּא בָחַר   The one He chose

עַל פְּנֵי זֶה שֶׁהוּא לֹא בָחַר,   Over the one He did not,

מֻכְרָח הוּא אֶת   He must

הַשֵּׁנִי לְהוֹרִיד   Lower the importance

אוֹ בַחֲשִׁיבוּתוֹ   Or decrease the significance

לְהַפְחִית...   Of the one he did not...

אוּלַי...   Maybe...

אוּלַי כָּךְ הוּא הַדָּבָר...   Maybe this is so...

וּבִכְלָל...   And besides...

בְּסֵפֶר הַיָּמִים   In the Book of Days

נִכְתָּבִים הַרְבֵּה דְבָרִים   Many things are written

בִּידֵי אֵלּוּ הָעֵדִים לַמִּקְרִים   By witnesses of the time

אֲשֶׁר כּוֹתְבִים הֵם בַּיָּמִים אֵלּוּ   Who are now writing

גַּם עָלֵינוּ וְעַל קוֹרוֹתֵינוּ   About us and our deeds

ועל מעשינו כאן ועכשיו.	Here and now.
ובהגיעכם שניכם ליעדכם,	And when you two arrive
תוכלו אתם לקרוא	At your destination,
ולהבין היטב את אשר עבר עליכם	You will read about yourselves
פה ועכשיו	Here and now
ותלמדו את הקוראים	And better understand your past
והמורים,	And teach the responsibility
את האחריות בקריאת הכתוב	Of the readers
שכה חיוני וחשוב	And the teachers,
הוא להם,	To teach the scripture reading
וכה קשורים אליו הם,	Which is so vital and important
בצורה המתאימה	For them,
ובזהירות וברגישות רבה	And so attached they are to it,
לזמן בו הוא נקרא,	In the appropriate form
כי בבטחת ההנחה	And with great care and sensitivity
שמיצוה היא על המורה	For the time when it is read,
למצוא בכתוב את הטוב	Because we must trust
מתוך החלק הרע אשר בישן	In the teacher's conviction
ולא ללמד את הרע והנורא כטוב	To bring out the good
כי כך תמיד יישאר הרע איתנו	Out of the bad part of the old
ועלינו הוא יתגבר	So the bad is not thought of as good
ובנו הוא ישלוט.	Because if it does, the bad will forever stay
כי האנושות תמיד מחדשת	With us and will control us.
ותמיד יוצרת	Because mankind always innovates
לאורך זמן שלעולם לא מפסיק	And always creates,
אלא ממשיך הוא ועובר.	Over time that never stops.
ועל מה שראוי היה אז,	It keeps passing.
בימי קדם,	And what was right then,
בימינו אלו נספר	In ancient times,

אַך בזהירות אותו נלמד		Teach it we will,
ואותו נלמד		But carefully we examine
ושוב נשנה ונבקר		It, and again will
ונווּדא שמתאים הוא לקוראו		Visit and revisit
בזמנו הוא		To make sure it
ושעל טעויות ישנות		Fits the reader's time
לעולם שוב לא נחזור.		So we do not ever
		Repeat old mistakes."

וממשיכה בת קול:	123	And continues Bat Kol:
דבר חשוב לי אליך		"An important thing
עשיו...		For you I have, Esau...
לֹא רוצה דודך ישמעאל		Your uncle Ishmael
שעליו דברים		Has things about
תדע.		Himself he does not want you
		To know."

ואומר עשיו:	124	And Esau says:
הרי כבר קודם לכן		*But you have already*
מעט סיפרת לי		*Told me a little*
על דודי ישמעאל,		*About my uncle Ishmael,*
ועכשיו סקרן אני		*And now I am curious*
על אודותיו.		*About him.*

אכן...	125	"Indeed..."
נזהרת שוב בת קול		Bat Kol is careful again
ואומרת:		And she says:
מעולם לא דיבר דודך		"Your uncle has never shared
על עלבונו,		His misfortune with anyone,

והוא מאד יופתע		And he would be very surprised
ללמוד שיודע אתה		To learn that you know
על ייסוריו,		About his anguish,
אך אם לא ישמע		But if he does not hear
עליהם מפיך		About it from you
לעולם ינשוך לשונו.		He would forever
		Bite his tongue."

ומה ברצון האל עבורנו?	126	*And what is it that God wants of us?*
מהרהר שוב		Reflects again
כאילו לבדו		As if alone
עשיו.		Esau.

משימה גדולה לו	127	"A big task he has
עבורכם		For you two
ביחד שניכם!		Together!"
מעוררת בת קול		Awakens Esau
את עשיו.		To Bat Kol's voice.

ומדוע אנחנו שנינו	128	*And why we two*
ולא זוג אחר?		*And not another pair?*
שואל עשיו.		Asks Esau.

אני בך בחרתי	129	"It was I who selected you,
עשיו,		Esau,"
מסבירה בת קול.		Explains Bat Kol.
כיון שלה נעלבתָ		"Because you were so offended
כשעל ידי		When your mother, your brother, and
אימך, אחיך, ואביך,		Your father,

במרמה נְפסחת...	Passed you over...
וגם נואשת	And you were desperate
כשחשבת שאת	When you thought you had
נחלתך	Lost your inheritance
במרמה הפסדת.	Fraudulently.
וגם בו,	130 "And him, too,
בדודך ישמעאל,	Your uncle Ishmael,
בחרתי,	I chose,"
בדבריה אל עשיו	With her words to Esau
מסבירה בת קול.	Bat Kol explains.
כי לפני שנים רבות	"Because many years ago
לפקודת סבתך שרה,	Under the command of your grandmother
אשת סבך אברהם,	Sarah,
הרתה לו אם דודך הגר המצרית.	The wife of your grandfather Abraham,
ואחרי שהיא ברחה	Hagar the Egyptian
מעינויי שרה גבירתה,	Conceived by him.
הופיע במדבר	And after your uncle's mother, Hagar,
מלאך ולה הודיע	Fled from the torture of her mistress,
שאת בן אברהם	Appeared before her in the desert
היא נושאת ברחמה	An angel, and to her he announced
ולו את ישמעאל	That the son of Abraham
היא בקרוב תלד	She carried
כי שמע האל	And that she would soon give birth
את עוניה.	To Ishmael.
ולה הוא הציע עסקה	For God had heard
שבה תחזור היא אל	Her misery.
שרה ותתענה היא	And he pledged to her that
תחת ידה,	If she would return to

ובתמורה לסבלה		Sarah and would suffer
בידי גבירתה,		Under her hand,
ישכון ישמעאל בנה		In exchange for her suffering
על עם גדול		Her son Ishmael would dwell above
מספור.		A great nation
		Numbering
		Too many to count.

וכך כמוך הושלך אף הוא	131	And like you, your uncle was
דודך ישמעאל.		Passed over and tossed away.
וכמוך נפסח אף הוא		And like you he is considered
כאחר		The *other*
כי מאם נוכרייה		Because from a foreign mother
דודך יצא,		He Came,
ונקבע גורלו		And his fate was determined
כבר לפני היוולדו		Already before he was born
כיוון שלחיי בנה		Because his mother feared
חששה אימו		For her Ishmael's life
ולדברי המלאך		And to the angel's pledge
היא נעתרה,		She agreed,
ולברכה פחותה		And to a lesser blessing
למען בנה הבכור לאברהם היא		For the firstborn son to Abraham,
היא היקריבה, ונעתרה.		She sacrificed, and agreed.
ולאחיו, הוא אביך יצחק,		And to his brother, your father Isaac,
נחלת ישמעאל		Ishmael's inheritance
ניתנה.		Was given."

ולב עשיו	132	And Esau's heart
מאוד נצבט		Is pinched with pain

בשל עלבון דודו		About his uncle Ishmael's
ישמעאל,		Insult,
ואומר הוא אל בת קול:		And he says to Bat Kol:
איך נוכל אנו התנהגות כזאת		*How could we change*
לשנות?		*Such behavior?*

פתאום	133	Suddenly
מפתיע		And surprisingly
ומפציע אור יום,		Daylight breaks,
ושמש מוקדמת		And an early
ולוהטת		And scorching sun
מגלָה את מראה		Reveals to Esau
דודו הזקן ישמעאל,		The look of his uncle,
לעשיו.		The old man
		Ishmael.

ואומרת בת קול אל עשיו:	134	And Bat Kol says to Esau:
הבֵא את דודך		"Bring your uncle
אל מחנה שבטו		To his tribe's camp
על מנת שינוחַ		So that he can rest
במיטתו.		In his bed."

וכשנוכַח עשיו	135	And when Esau notices
שוב כבראשונה		As if for the first time
בעייפות ובלאות		How fatigued and weary
פני דודו		His uncle's face is
ואיך מעוות גופו		And how twisted his body is
בעמדו		While standing alone,
לבדו,		He quickly leaps forward

במהרה קדימה מזנק הוא		And grabs him by the elbow,
ובמרפקו אוחז,		But due to his
אך הלה בחולשת		Weakness and effort
מאמצו ועייפותו		Ishmael's legs collapse
קורסות רגליו תחתיו.		Under him.
ונופל ישמעאל,		His body hits the ground
וגופו באדמה חובט		With a dull yet loud sound.
ברעש רם ועמום,		His head is thrown back,
וראשו לאחור		And dust rises
נזרק,		Around him.
וסביבו עולה אבק.		

מה זאת לדודי עשיתי,	136	"What have I done to my uncle,"
זועק עשיו..		Cries Esau,
שכך לאורך זמן לה רב		"That like this
חיכיתי		I waited for such a long time
והרשתי בקור הלילה		And allowed the cold of the night
עליו?		Upon him?
רק על עצמי חשבתי,		Only of myself I thought,
ודברתי,		And I spoke,
ולזמן לה ממושך		And for such a long time
את דודי הזנחתי,		I neglected my uncle,
ועכשיו לה תשוש הוא!		And now so exhausted! He is"

שָׂאֵהוּ עשיו,	137	"Carry him, Esau,
אל מיטתו,		To his bed,
אשר באוהלו,		Which is in his tent,
ושם ינוחַ,		And there he will rest,"

אומרת שוב		Says again
בת קול.		Bat Kol.
ועשיו את דודו	138	And Esau removes his uncle,
השבריר,		So fragile,
מעל אדמת אבק		From atop dusty soil,
הוא מסיר,		And to Ishmael's tent
ואל אוהל ישמעאל		He runs.
הוא רץ.		
מהרו! מהרו!	139	"Hurry! Hurry!"
צועק עשיו		Yells Esau
בכניסתו אל		As he enters
אוהל ישמעאל,		The large tent,
הכינו לדודי		"Prepare for my uncle
את המעדן		His favorite
האהוב עליו		Delicacy
כי חלש הוא,		Because he is weak,
ונפל,		And he fell,
ולא סעד ליבו		And he did not eat
לזמן כה רב!		For a long time!"
ומניחָ עשיו כפעוט	140	And lays down Esau
את דודו התשוש		His exhausted uncle
במיטתו אשר		As he would a toddler
באוהלו,		In his bed
ובראשו הוא תומך		In his tent,
ומשעינו בכריתו.		And supports his head

As he puts it
On his pillow.

ובעוד נמרצים המטפלים	141	And while busily tending to Ishmael,
חברי שבט ישמעאל		Members of the Ishmael tribe
שעל מִשְׁמַרְתָּם חיכו		Who on guard all night
כל הלילה תורנים		Waited
ולישמעאל		And about Ishmael
הם כֹה דואגים		Are so worried
ובקול רם הם בעשיו		In a loud voice they
נוזפים:		Scold Esau:
הלא הבחנתָ		"Didn't you notice
בגילו המתקדם		His advanced age
ואיך כֹה לאט		And how slowly
על פני האדמה		On the face of the earth
יהלך?		He walked?"

ועשיו מרגיש בודד,	142	And Esau feels lonely,
על שלא מחכים		For his accusers
המאשימים		Are not waiting
לתשובתו		For his reply
כי כבר עסוקים הם		Because they are already busy
בהצלת אדונם.		Saving their master.
ומיד באים		And then come
הרופאים החרוצים,		The industrious
המרגיעים,		Doctors,
המאכילים והמשקים		The bathers,
את מנהיגם		The soothers,
הלאה והאוהב		And feeders

ישמעאל,		Of their tired but loving
שמעולם לא בכעס		Leader Ishmael,
או באכזריות		Who never with anger
בעמו הוא מושל.		Or with cruelty
		His people he governs.

דבר עמו.	143	"Talk to him,"
אומרת אל עשיו		Says to Esau
בת קול.		Bat Kol.
דבר אל דודך		"Speak to your dying uncle
ישמעאל כי גוֹוע הוא וגוסס,		Ishmael,
פן ייאסף אל עולמו		Lest he be gathered into his world
בטרם ידע ייעודו		Before he knew his mission
ומשימתו.		And his destiny."

ובעוד עסוקים בו	144	And while Ishmael's loyalists
הנאמנים		Are busy caring for him and
המגנים על אדונם,		Are protecting their master,
מתחנן עשיו:		Begs Esau:
בבקשה...		"Please…
תנוני וארחץ את		Allow me to wash
רגליו!		His feet!"

אך עדיין כועסים הם	145	But they are still angry,
ילדי ישמעאל ושבטו		The children of Ishmael and his tribe,
ואינם בעשיו		And they do not in Esau
בוטחים.		Trust.

ומהסס לרגע עשיו,	146	And hesitates for a moment Esau,
העומד מאחור,		Who is standing behind,
ואז דוחף הוא		And then he presses
את עצמו		Himself
ובלחץ כובד גופו		With the strength of his
הענק		Giant and heavy body
לאט		Slowly
כָּשׁוֹר צמא בדרכו		Like a thirsty beast on its way
אל השוקת,		To the trough,
עליהם		On them
ובינם.		And between them.
והם לצידו		And they are by his side,
על מרפקם		On their elbows
נופלים.		Falling.

וכשרוכן הוא	147	And as he leans
על מיטת ישמעאל דודו,		Onto his uncle's bed,
שעיניו עצומות		Ishmael's eyes are closed
ומאבק רב בִּנְשִׁימתו,		And laborious is his breath,
אומר עשיו בזעקה גדולה		Says Esau with a great cry
וללא קול:		And with no sound:
אבל לא מוכן אני למותו!		*But I am not ready for him to die!*
הרי רק פגשנו		*We just met,*
ולא ממש הכרנו.		*And we do not really know each other.*
וכה נדיב הוא ישמעאל		*And so generous is Ishmael*
דודי,		*My uncle,*
וכְאב הוא לי.		*And like a father he is to me.*
ומה אם דבריי יזרזו את		*And what if my words will hasten his*
סופו?		*End?*

לא אדע, עשיו,	148	"I can't tell, Esau,
מתי בדיוק יבא סופו,		Exactly when his end will come,"
עונה בת קול.		Bat Kol answers.
ולכן מוכרח אתה לשוחח		"So you must talk
עמו פה		With him here
וברגע זה!		And now!"

ומה אם אניח לו	149	*And what if I let him be*
ואקל על נפשו		*And ease his tired*
העיפה?		*Soul?*

עכשיו!	150	"Now!"
חוזרת בת קול,		Repeats Bat Kol,
עכשיו!		"Now!
הלא בטובת		Do not you want the
דודך תרצה?		Best for your uncle?
הלא תעשה דבר עבורו?		Will not you do something for him?
האם רק עבורך		Just for you
ולעצמך		And for yourself
תעשה?		Will you do?"

ועשיו לרגע	151	And Esau is
מסתכל		Looking up
אל מעלה,		For a moment,
ואל מטה,		And down,
ואחר כך אל		And then
סביב סביב,		round and round,
ומנסה הוא לראות		As he tries to see
את האישה מאחורי		The woman behind

47

הקול שהפתיעו		The voice that surprises him
בכעסו.		With its anger.
מניחַ עשיו	152	Esau puts down
את ראשו		His head
על חזה דודו ישמעאל,		On his uncle Ishmael's breast,
ובאזנו בייאוש מחפש		And with his ear he is
הוא את דופק לבו		Desperately searching
האיטי,		For his uncle's slow,
הנחלש.		And weakened heartbeat.
סלח נא לי,	153	"Forgive me,
דודי,		My uncle,
כי דברים חשובים		Because important things
לי אֵליך,		I have for you,"
אומר עשיו.		Says Esau.
ולא עונה ישמעאל	154	And Ishmael does not answer,
אך במאמץ רב		But with great effort
מרים הוא ומניח ידו		He lifts his hand
על ראש עשיו אחיינו.		And rests it on Esau's head.
שוב מדבר הקול	155	"Again, the voice speaks
אלי דודי,		To me, my uncle,"
בוכה עשיו.		Esau cries.
מדבר ומדבר,		"Talking and talking,
וגם לך דברים לומר		And to you
תרצה.		Things she'd like to say."

ומנסה ישמעאל	156	And tries Ishmael
להוציא מילה		To utter a word
דרך שפתיו		Through his
המכחילות,		Darkening lips,
אך נכנע הוא לעייפותו		But he gives in to his fatigue
ונרדם.		And falls asleep.

ורואים אנשי ישמעאל	157	And Ishmael's people see
את מֵיצַר אדונם,		His efforts
את מאמצו		And his struggle
ואת מאבקו		With his breath
על נֶשְׁמתו		And for his soul,
ועל נפשו,		And they try to remove
ומנסים הם להסיר		His nephew Esau
את אחיינו עשיו		From atop him,
מעליו,		But he is holding his uncle
אך בדודו אוחז הוא		With great force,
בעוצמה רבה,		Holding and crying.
אוחז ובוכה.		

ושוב מנסים הרופאים לקרוע	158	And again, the doctors try to tear away
את עשיו הענק		Esau's giant body from
בגופו		Atop his uncle,
ובכוחו		And at the same time
מעל דודו,		They cry out:
ובו בזמן		"With your loving
הם זועקים:		Embrace
באהבתך ובחיבוקך		Your uncle
את דודך תמית!		You will kill!"

ולבסוף נעתר עשיו	159	And finally agrees Esau,
וקם הוא מעל		And he removes himself
דודו ודרך אליו		From his uncle
הוא מפנה.		And clears the way to him.

ומיד חוזרים	160	And the devoted
הרופאים המסורים		Doctors quickly return
למיטת ישמעאל,		To Ishmael on his bed,
ואת ליבו ואת		And his heart and
רמ"ח אבריו		His entire body
הם מעסים.		They massage.
והלה מתעורר,		And he wakes up,
ואת כף ידו		And with his
מֵנִיף ישמעאל		Hand waves Ishmael
ששוב אליו		For Esau to
יבוא עשיו.		Come back to him.

ובדאגה הצידה זזים	161	And with great concern step aside
ומפנים דרך		And make way for Esau
אנשי ישמעאל		The people of Ishmael
והבוכים בניו בנותיו ונשותיו.		And his weeping wives and children.
ושוב עשיו		Again Esau
לצד דודו רוכן הוא על ברכיו		Kneels next to his uncle
ומספר הוא שוב		And again, he tells him
על דברי בת קול		Of Bat Kol's remarks:
אליו:		"Still urges me
עדיין דוחקת בי		The woman of voice.
זו אשת הקול		That
שאותה לא אראה.		I will not see."

ואומר ישמעאל: 162 And Ishmael says:

ידוע לי עליה, "I know of her,

על זו המסתורית, About this mysterious one,

אחייני עשיו. My nephew Esau.

כי אל אימי הגר, Because when I was a child

בילדותי היא דיברה. To my mother, Hagar,

ובזכותה She spoke.

את קללת המלאך האל עליי, And thanks to her

כבשתי The curse of the angel of God

ואת הדחף הנורא On me,

לעשות רע, The terrible impulse

הכנעתי. To do bad,

I conquered,

And I squelched."

התקשיב לה 163 "Will you listen

וכדברך To her

שוב תעשה, And again do

דודי ישמעאל? As she says,

My uncle Ishmael?"

ובתשישותו שואל 164 And in his weariness asks

ישמעאל: Ishmael:

מדוע תשאל "Why do you ask,

עשיו? Esau?"

ואומר עשיו 165 And says

אל דודו ישמעאל: Esau to his uncle

כי משימה גדולה לה ויעוד Ishmael:

51

עבורנו		"Because a great
שנינו,		Designation she has for
היא אומרת.		Us both,
		She says."

וְשׁוֹאֵל יִשְׁמָעֵאל:	166	And asks Ishmael:
הֲלֹא תֵדַע הִיא		"Doesn't she know
שֶׁכְּבָר זָקֵן וּבָא בַיָּמִים		That an old man I am,
אָנֹכִי?		With most of
		My days behind me?"

אָכֵן, כָּךְ עָלַיִךְ	167	"Indeed,
הִיא תֵדַע,		She does know,
אַךְ כָּבִי,		But like with me,
בָּךְ הִיא בָחְרָה,		You she chose.
וְרוֹצָה הִיא בָּנוּ		She wants us
בִּשֶׁל סִבְלֵנוּ		Because of our suffering
שֶׁאַחֵרִים, זָרִים, וְנִפְסָחִים		And that others, aliens,
אָנוּ שִׁנִּינוּ בְעַמֵּנוּ.		And passed over
וּמַתְאִימִים לַמְּשִׂימָה		We were both in our nation.
זוֹ אָנוּ,		And suitable for this task
הִיא אוֹמֶרֶת.		We are,
		She says."

וְיִשְׁמָעֵאל מְאֹד	168	And Ishmael
מִשְׁתָּהֶה,		Is very surprised,
וּבְחִיּוּכוֹ הַרָפֶה		And with a faint smile
חוֹשֵׁב הוּא בְקוֹל:		He thinks aloud.
נֶחְמָד הוּא לְהִיבָּחֵר,		"It's nice is to be chosen,"

הוא אומר.	He says.
אך מה טוב	"But what good
לעשות אוכל	Could I do
כשזמני לפני לכתי	When my time ahead of me
כה קצר,	Is so short
וכה מוגבל כוחי?	And my strength so limited?"

אינו דואג על כך הקול,	169	"The voice does not worry about it,"
אומר עשיו.		Says Esau.
רק רוצָה		"The woman
האישה		Just wants to know
לדעת		If you agree,
אם תסכים, דודי,		My uncle,
לבחירתה בך.		To her selecting you."

ותקווה בקולו	170	And asks Ishmael
שואל ישמעאל:		With hope in
ואם אסכים,		His voice:
האם יאריכו מעט		"And if I agree,
ימיי?		Will I live a bit
כי רוצה אני		Longer?
בחברת עמי		Because I want more time
ובחברת ילדיי ונשותיי,		With my nation
וכדורון יהיה		And with my wives and children,
זמן מה נוסף עמך		And like a gift will be
יקירי עשיו.		Some additional time with you,
		My dear Esau."

לא תדע	171	"Does not know
האישה		The woman
מתי יולד האדם		When a man will be born
או מתי תחלוף נשמתו,		Or when his soul will pass,
דודי.		My uncle.
אך אותנו בחר		But in us chose
הקול,		The voice,
ובלעדיך ולבדי לא		And without you and alone
אלך...		I will not go...
התסכים את קולה		Will you agree
לשמוע דודי		To hear her voice, my uncle
ישמעאל?		Ishmael?"
אסכים,	172	"I'll agree,
ואשמע קולה,		And I will listen to her words,"
עונה ישמעאל.		Ishmael answers.
אקשיב לה,		"I'll listen to her,
חביבי,		My dear,
אך עדיין לא אדע		But I still do not know
אם אִתָּךְ		If with you
אלך.		I will go."
והקול הנעים והנפלא	173	And the pleasant and wonderful voice
מיד לשניהם נשמע,		Is at once heard by both,
ואומרת בת קול אליהם		And Bat Kol says to
השנים:		The two:
רק זמן קצר לי עמכם		"I only have a short time with you,
יקיריי...		My dear ones...
שניכם גורלכם		Both of your circumstances

54

שלא בשגיאתכם	Not because of your error
ולא באשמתכם	And not because of your fault
נפל הוא עליכם...	Fell upon you...
ומתנגדים לו,	And you oppose it,
ואותו דוחים אתם,	And you reject it,
ומעליכם אותו	And off you
אתם דוחפים.	You push it.
ולא לו אתם נכנעים,	And you do not surrender,
ועליו אתם	And to each other you talk about it
זה אל זה מדברים	Because when you were young
כי שניכם בצעירותכם הופלתם	You were failed by your families,
והופליתם על ידי משפחותיכם,	And you were overthrown.
וכאב תבינו	And pain you understand
כי ירושתכם	Because your inheritance
משימתכם	And your mission
וייעודכם	Were taken away from you.
מכם נלקחו.	And that is why I chose you two
ולכן בכם בחרתי	To go to the world of the future
שתלכו אל עולם העתיד	Where the masses are led astray.
ששם יולכו ההמונים שולל.	And your help
ולעזרתכם הם	They so need
מאד זקוקים	Lest their premature end
פן קיצם בעולמם	They will find in
יפקוד אותם	Their world
בימיהם הם.	While in their prime."

ולמה כך לנו	174	*And why did this* to us
קרה?		*Happen?*
מתלונן ישמעאל		Ishmael complains

אל בת קול		To Bat Kol
ללא קול...		Without sound…
ומדוע זה זמן		*And why have you*
כה רב חיכית?		*Waited so long?*
מדוע מצפה את		*And why do you expect me*
ממני לבקשתך להיענות		*To comply with your request*
על סף		*When I am on the verge of*
מותי?		*My death?*

כיוון שרק היום	175	"Because only today
מוכנים אתם שניכם		You two are ready
לזה התפקיד.		For this role.
וזקוקה אני לכם,		And I need you,
ורק לכם שניכם,		And only you two,"
אומרת בת קול.		Says Bat Kol.

ומנסה להמשיך	176	And his words to Esau
בדבריו אל עשיו ישמעאל.		tries to continue Ishmael.
אך בקושי רב		With great difficulty
פותח הוא שפתיו.		He opens his lips.
ומחכה לו בשקט		And Esau waits for him quietly
ובסבלנות עשיו		And patiently
לזמן רב.		For a long time.
ובקול דקיק שואל		And in a thin voice asks
ישמעאל:		Ishmael:
האם עדיין את אחיך		"Do you still wish
להרוג		To kill your
תבקש?		Brother?"

ועונה במהרה	177	And answers quickly
עשיו:		Esau:
עדיין כואב אנוכי		"I'm still hurting,
דודי,		My uncle,
ולא שכך בי כעסי.		And my anger has not yet subsided."

הבטֵחַ לי,	178	"Promise me,
אחייני,		My nephew,
שלא באחיך		That you will
יעקב, תפגע,		Not hurt your brother, Jacob,
כשיחזור הוא ממסעו		When he comes back from his journey
עם נשותיו,		With his wives,
ילדיו,		His children,
ונכסיו.		And his assets.
כי רק כך		Because only then
אתך אלך		I will go with you
אל המקום אשר		To the place where
יראנו לנו הקול.		The voice will show us."

ועדיין חובק עשיו,	179	Still embracing
את דודו ישמעאל,		Esau,
שכבר לעולם		His uncle Ishmael,
סגורות עיניו		Whose eyes are
ולא עוד		Forever closed
יזכה הוא לראות		And who
את אהוביו.		Will never again see
את נשותיו,		His loved ones.
וילדיו,		His wives,
יקיריו.		And his dear children.

וְעֵשָׂו	180	And Esau
לַעֲנוֹת לְדוֹדוֹ		Is about to
מִתְכּוֹנֵן,		Answer his uncle,
אַךְ הַלָּה		But Ishmael goes on,
מַמְשִׁיךְ וּבְשֶׁקֶט הוּא		And quietly he declares:
מַצְהִיר:		"What is done is done,
אֶת הַנַּעֲשֶׂה אֵין לְהָשִׁיב,		My nephew Esau.
אָחִינִי עֵשָׂו.		And as your father Isaac has already
וּכְפִי שֶׁלְּךָ הוּא כְּבָר		Said to you,
אָמַר,		He will not break his vows
לֹא יָפֵר אֶת נִדְרוֹ		After his inheritance
אָבִיךָ יִצְחָק		To your brother by mistake
אַחֲרֵי שֶׁאֶת נַחֲלָתוֹ		He gave.
לְאָחִיךָ יַעֲקֹב בְּטָעוּת		And you, your own
הוּא נָתַן.		Place in this world
וְאַתָּה, אֶת מְקוֹמְךָ		And your own purpose
בָּעוֹלָמְךָ		And your destiny,
וּמְטַרְתְּךָ		Which different from Jacob's
וִיעוּדְךָ,		They are,
אֲשֶׁר שׁוֹנִים מִשֶּׁל אָחִיךָ		Alone and by yourself
יִהְיוּ,		You will find."
לְבַדְּךָ וּבְעַצְמְךָ תִּמְצָא.		
וְשׁוֹתֵק לִזְמַן	181	And Esau is silent
עֵשָׂו,		For a time,
וְשׁוּב אוֹמֶרֶת בַּת קוֹל		And again, Bat Kol says:
אֶל שְׁנֵיהֶם:		"Please…
אָנָּא מִכֶּם…		I really need

זקוקה אני מאוד		You both
לכם		Now."
שניכם, עכשיו.		
והשניים	182	And the two
בדממה מקשיבים.		In silence listen.
מצב עולם העתיד		"The state of the future world
אשר בו בשנית תיוולדו		In which you will again be born
נואש הוא,		Is desperate,"
אומרת בת קול.		Says Bat Kol.
והאל		"And God
אשר את האדם ברא,		Who created man,
ואותו אהב,		And whom He loves,
בו הוא כה		In him He is so
מאוכזב,		Disappointed,
לא עוד לו יוכל.		He can no longer control.
והלה,		And man,
שֶׁעָבַד לִיצָרָיו נהיָה,		A slave to his desires he became,
בחר הוא וחבריו		And he and his friends
בדרך הרעה.		In bad ways chose.
וברואם שלא		And when they saw that
הגיב האל,		He did not respond,
עליו העזו וקמו		Leaders dared to rise on Him
והוליכוהו מנהיגי האדם שולל.		And led Him astray and deceived Him.
ומלבד שליחותכם אתם		And besides this your mission
בעולמכם החדש		In your new world
אשר אליו תגיעו,		In which you will arrive,
לא יתערב האל		God will not interfere
בדברי טבע		In nature

או במעשי אדם.	Nor in the actions of man.
אלא רק יקווה הוא	Only hopes He
שיעשה האדם טוב	That man will do good
ושידע טוב מרשע,	And that he will know good from evil,
כיוון שבתאוותו ובכוחו	Because in his lust and his strength
הורס האדם את מחייתו הוא	Man destroys his own livelihood
וקיומו עצמו.	And his own existence.
ואת החי והצומח	And the flora and fauna
בעבור בצע כסף	In his way he crushes
הוא בדרכו מוחץ.	For greed and money.
ולא יאסוף האדם	And man will not collect
את אשפתו,	His trash,
ומזהם הוא ברעלים	And pollutes he with toxins
את מֵי הנחלים	The water of the streams
והנהרים.	And the rivers.
ומזהם האדם	And pollutes man
את אוויר השמיים	The air of the sky
במרכבות הובלה מעשנות	With smoking transportation chariots
ובעשן שרפות רבות.	And with smoke from reckless fires.
ואֵלו השרפות הפזיזות	And the reckless fires
בחומן הן מְמסות בקוטבי	In their heat they melt
העולם והופכות	The cold ice in the world's poles
את הקרח הקר למים	Into water
ומתאדים אֵלו המים הרבים,	And evaporate
ומציפים הם את ענני	The many waters,
השמיים.	Which overfill the clouds above
וּמכְבידים העננים	In the skies.
מבולי מים נופלים,	And from the heavy clouds
ורצים הם מַהר במורד ההר	Fall great floods,

60

ושרופים שורשי הצמחים	And the waters rush downhill
אינם במים אוחזים ואינם מהמים שותים,	And with only burnt plant roots
ושוטפים המים בדרכם	To hold it in place and drink from it,
את מֵיטב האדמה.	Wash the waters in their way
וְעָקרה וללא מזון	The best of the soil.
לצמח היא נשארת,	And barren of its nutrients,
ואל תוך האגם והים	It can no longer support vegetation.
המים ללא מעצור רצים,	And the waters rush into the lake
וזה הים עולה	And the sea,
על גדותיו	And the sea rises
לגובה רב	Up high
וְנוגס הוא בחופיו	And overflows
וּמרחיב הוא בגוף מימיו	And bites into its shores
וטובעות האדמות תחתיו.	And covers lands under it.
ואלה האדמות שנתן	And those lands,
בטובו האל לחי ולצומחַ	Given by the gracious God
וחי בם האדם,	To the living
נעלמות הן תחתיו.	And to the plants
ועדיין לא ירשה זה האדם	So man lives in them,
לאדמתו שמיטה	Disappear beneath him.
ומנוחה.	And yet man will not allow
	His land sabbatical
	And rest.

	183	
ותושבי הארץ אשר		And the inhabitants of the earth
ללחם רעבים		Who are hungry for bread
לארבע כנפות תבל		To the four corners of the world
הם נודדים.		They migrate.
וּמלווֹם חום רב,		And great heat accompanies them,

וזה החום מעודד	And the heat encourages
את גדילת החרקים,	The growth of insects,
הנראים	Both the visible
והבלתי נראים,	And the invisible,
ואֵלו נוגסים ונכנסים	Which bite and enter
לתוך גופיי החיות	Into the animals' and
ולתוך גופי האנשים.	Into the peoples' bodies.
וחולים אלו אנושות נהיים,	And ill they become,
ובהמוניהם	And in droves
הם נספים.	They die.
וללא אחריות לחברו	And with no regard to his fellow men
אוכל האדם חיות בר מזוהמות,	Man eats contaminated wildlife,
ומהן אליו עוברים מזיקים	From which invisible pests enter
בלתי נראים.	And harm the human body.
ואֵלו המזיקים את גוף האדם	And with his knowledge
הם מזהמים ובו הם פוגעים,	When he speaks and breaths
ואז בידיעתו,	Sprays his mouth the newly
בדיבורו ובנְשימתו	Contaminated tiny droplets
מרסס פיו הנגוע את סביבתו,	Infect those
ואת אלו אשר בקרבתו הוא מדביק.	Around him.
ובמהרה, במחלתו הם נדבקים.	And plagues break out and invade
וכך פורצות מגפות המתקיפות	Whole populations around the world
אוכלוסיות שלמות.	And without sufficient
וללא מענה רפואי למחלות החדשות,	Medical response
לעולמם במהירות	To the new diseases,
רבה ובטרם עת	From their world quickly
הם נאספים.	Before their time
	They depart.

	184	And man starts needless
ויוצא האדם למלחמות		Wars,
מיותרות,		
בעזרת ילדים צעירים		Using young children
שבכוח הנשק הם מורגלים		Who are trained to use weapons
ואחרי מנהיגיהם העריצים		And their tyrannical leader
עבור תשלום הם בעיוורון עוקבים		For a fee they blindly follow
ואת הוריהם וקהילותיהם		And their parents and their
הם לרשויות מסגירים.		Communities they give away to
ולדורות רבים נשארות אומות שלמות		Authorities.
באימה למיעוטים משועבדות.		And many nations
ושודד האדם את שכניו,		Remain enslaved to minority terror
ועמים שלמים ירצח		For generations.
כי זרים הם לו,		And his neighbors man robs,
או מואס או פוחד הוא		And whole nations murders man
מצבע עורם,		Because strangers they are to him,
או אינו מכיר הוא		Or tired or afraid he is of
את שפתם.		The color of their skin,
		Or he does not know
		Their language.
וכשיבקש הקורבן	185	And when the victim asks
ולו רק בהתנצלות		If only for an apology
אחרי שנים כה רבות,		After so many years,
ימאן לו בן		Refuses the son of
החשקן,		The coveter,
האונס,		The rapist,
והרוצחַ.		And the murderer.
הוא לא יודה		He will not confess
שאבותיו אלו הפושעים		That his ancestors

Were the criminals		היו
And will not acknowledge		ולא ייעתר
And will not atone		ולא על פשעיו
For his crimes		יכפר
But will continue		אלא ימשיך
To alienate the victim.		ואל הקורבן יתנכר.

<table>
<tr><td>Continues Bat Kol:</td><td>186</td><td>ממשיכה בת קול:</td></tr>
<tr><td>"And to change his ways</td><td></td><td>ועל מנת לשנות דרכו</td></tr>
<tr><td>And that man will choose good</td><td></td><td>ושיבחר האדם בטוב</td></tr>
<tr><td>And that he will no longer</td><td></td><td>ולא עוד יבחר ברע,</td></tr>
<tr><td>Choose evil,</td><td></td><td>תָלַמדו שניכם</td></tr>
<tr><td>Both of you will teach the masses of</td><td></td><td>את המוני יושבי האדמה</td></tr>
<tr><td>The inhabitants of the land</td><td></td><td>איך כמלכת נחיל הדבורים</td></tr>
<tr><td>How like the queen of</td><td></td><td>יישאו הם מעליהם את הנבחר</td></tr>
<tr><td>A swarm of bees</td><td></td><td>מנהיגם שמתאים הוא ביותר</td></tr>
<tr><td>They will carry above them</td><td></td><td>לייצגם כולם</td></tr>
<tr><td>Their elected leader</td><td></td><td>כי כמראה ישקף הוא</td></tr>
<tr><td>Who is most appropriate to</td><td></td><td>בדעתו את דעתם</td></tr>
<tr><td>Represent them all</td><td></td><td>אך גם עוצמתי יהיה</td></tr>
<tr><td>Because like a mirror she will reflect</td><td></td><td>ולבדו ינהיג כדרוש,</td></tr>
<tr><td>Their opinions with hers. But she will</td><td></td><td>ויעמוד הוא בפני החזק,</td></tr>
<tr><td>Also be powerful and lead on</td><td></td><td>הוא המתעתע ברבים</td></tr>
<tr><td>Her own if need be,</td><td></td><td>ובפרט</td></tr>
<tr><td>And she will stand up to the strong,</td><td></td><td>בעבור שוחד ותגמול</td></tr>
<tr><td>The one who deceives the public</td><td></td><td>ללא מבוכה</td></tr>
<tr><td>And individuals</td><td></td><td>או בושה.</td></tr>
<tr><td>For bribes and rewards</td><td></td><td>ואלו ההמונים</td></tr>
<tr><td>Without embarrassment</td><td></td><td>התמימים,</td></tr>
</table>

אשר בייאושם	Or shame.
הטבה במצבם	And the innocent masses,
הנוראי הם מבקשים,	Who in their despair
לכל מילה שיוצאת מפיו	To improve their
לדבריי העריץ הם צמאים	Awful condition,
ומאמינים,	To the tyrant's
אפילו אם מעשיו	Every word that comes out of his
להם הם מזיקים.	Mouth they are thirsty,
ואנשי עמים שלמים	And they believe
וחברים טובים	Even if his actions
ובני משפחה בדעותיהם	Are harmful to them.
הם מתפלגים.	And the people of entire nations
וזה מזה בריב	And among them good friends
הם נפרדים.	And family members
וייתר אזרחים בנוכל תומכים,	With different extreme opinions
ואותו הם מחזיקים.	In quarrels they split.
והוא בהעצימו את עצמו	And more citizens
ואת שליטתו	Support the dishonest leader,
מחליש הוא את מעמד	And him they empower.
החוק והסדר בעמו	And with his power
ומסנוור ומשחית הוא	He weakens
גם את השרים סביבו,	Law and order in his nation
וגם את השופטים,	And dazzles and corrupts
האמורים את מעשיו	The ministers around him too,
לבקר ולבדוק.	And the judges too,
ואחרי שמשתלט העריץ	Who are supposed
גם על הצבא בארצו,	To monitor and check his actions.
בכוחו אינו מוגבל הוא	And after the tyrant takes over

בכלל.		The army in his country,
		His power is no longer limited.

אבל אם לא	187	"But if does not
כראוי יצליח המנהיג הנבחר		Properly succeed the elected leader
בשגרת תפקידו,		In the routine of his work,
או לא יעמוד		Or forcefully stand
בפני הצורר		Before and against the tyrant,
כנגדו,		He will voluntarily leave his post
יעזוב הוא את תפקידו מרצונו		And ask to be replaced
ויוחלף במנהיג אחר,		By a better-fitting leader,
מתאים יותר,		One who will courageously stand
שבאומץ מול הפושע		Against the criminal
המקיף עצמו בשרים מושחתים.		Who surrounds himself
ולו למנוול		With corrupt ministers.
יאמר מנהיג		And he would say to the contemptible
הנחיל		That he must change his
שמיד לטובה יְשָׁנֶה דרכו		Course for the better
פן יִזְעם עליו		Lest the entire swarm be angry with him.
הנחיל כולו.		

ואם יצחק,	188	"And if the evil ruler laughs,
יבוז,		Shows contempt,
או ילעג המושל הרשע		Or ridicules
למנהיג הנחיל,		The leader of the swarm,
אשר בכוונה		Which with great purpose
ובשקידה		And diligence
רבה בידיי הנחיל		All members of the swarm

66

כולו הוא נבחר,	Selected,
יחרים הנחיל כולו	The whole swarm will shun
את הרשע	The evil tyrant
ואת פמלייתו.	And his entourage."

ואם עדיין ימשיך האכזר	189	"And if the cruel one would still
בְּלַעֲגוֹ,		Continue with his mocking,
יְמַנֶּה מנהיג הנחיל		The leader of the swarm
חבר תורן		Will appoint a member
כדבורה שליחה,		Like a messenger bee,
וזה יזעיק		And it will urgently call
את שאר הנחילים,		The rest of the swarms,
העסוקים גם הם		Who are also busy
בתיקון עולם		With repairing the world
כנגד מושלים		In front of
מושחתים אחרים,		Corrupt rulers,
שלשנות ולהטיב		Whom they try to change and improve
דרכם הם מנסים.		Their ways.
ואלו הנחילים מיד		And these swarms
במצוקת החרום		In the distress of emergency
יצטרפו אף הם		Will also join
ויחרימו		And will shun
את אותו מושל,		The same ruler,
אשר ממנו יתרחקו אפילו		From whom will distance
בני משפחתו.		Themselves even
והוא בבדידותו,		His own family.
ללא תמיכה		And he in his solitude,
וללא אהבה		With no support
אפילו מאחד מִכְּלַל האומה,		And without love

לא ישרוד		Even from one person,
אלא יימס		Will not survive
ויעלם.		But will melt away
		And disappear."

ואתם שניכם	190	"And you two
לעולם חסויים		Forever unknown in your
תישארו,		New world shall stay,
ולא ידע איש בעולמכם החדש		And no one will know
על קיומכם כשליחים.		Your existence as messengers.
ועל מעשיכם		And your actions
והכלי שבידיכם		And the instrument in your hands
שרק אתם אותו		Only you and you alone
לבדכם תדעו,		Will know,
ובעזרתו תכוונו		And with its help you will direct
ותטיבו		And improve
את האדם,		Mankind,
לעולם		And forever
צפון יהיה		Hidden it will be
ולעולמים כלא הייתם		And forever as if not on your mission
תשמר זהותכם.		Your identity shall remain."

וחוששים השניים מאד	191	And the two are very afraid
וכאחד הם אומרים		And as one they say
ללא מילים:		Without sound:
לא כדבריך נוכל לעשות		*We cannot do as you say*
כי עצום וכבד הנטל		*Because too huge and heavy a burden*
וגדולה מדיי השליחות		*And too big a mission*
שלנו נתת		*To us you give*

68

בעולם חדש	In a new and cruel
אכזר	And strange
ומוזר	World
אשר לא לנו	That is not to us
מוכר ...	Familiar...
ומדוע כך מאתנו תרצי?	And why should you want
כי איך יוכל אדם	This from us?
שאפילו לא פעם אחת	For how someone
את הים בחייו ראה	Who not even once in his life
להגיע אל	Saw the sea
זו שלך המטרה,	Could achieve
ולהורידו בהתרחבותו?	This, your goal,
	Of stopping its widening.

Hebrew		English
תוכלו גם	192	"You can and
תוכלו!		You will!"
זועמת בת קול		Furious is Bat Kol
וכעס בקולה.		With anger in her voice.
תוכלו שניכם כיוון		"Both of you can because
שאין מלבדכם אחר!		There is no one else but you!
ומכיוון שבכם בשיקול רב		And because you with great consideration
בחרתי.		I chose.
ונבחרים אתם.		And chosen you are.
ומתאימים		And for this mission
למשימה זו אתם,		You fit,
היא משימתכם.		And this mission is
		Your mission."

	193	Then Bat Kol's voice
ושוב מרימה		Picks up again:
בת קול קולה:		
האין כה זועמים אתם		"Aren't you two so angry
בבחירת אחי שניכם		That your two brothers were
על פניכם?		Chosen before you?
הטעיתי אני		Was I wrong
בשפוטי		In my judgment
ובבחירתי		When I chose
בכם?		You?"

	194	And the two are silent
והשניים שותקים		For a long while.
לזמן רב		
ואומרת ברוך מעט בת קול:		Then somewhat softly says Bat Kol,
מבינה אני את מצוקתכם שניכם,		"I understand
אך ללא אומץ		Your distress,
בלבבכם		But without courage
ייהרס העולם!		In your heart
ויקרוס תחת רוע יושביו!		The world will be destroyed!
ולא יוכל לתמוך		And it will collapse under the evil of its
או לספק לבני		Inhabitants!
זרעכם,		And it could not support
בניכם		Or provide for the creation of
ונכדכם.		Your seed,
ומה תחשובנה הן		Your children
עליכם שניכם		And your grandchildren.
שברעב ובמחלות		What would they think
יגוועו הם		Of you two when
וילדיהם?		From hunger and disease, they
האם מסורת		And their children die?

מרירות לילדכם		Will you pass on to your
תעבירו		Children a tradition
וכועסים יהיו הם		Of bitterness
בחושבם עליכם?		So that angry they will be
		When they think of you?

ומי אם לא אתם	195	"And who if not
שניכם		You both
ישים קץ		Will put an end
אחת ולתמיד		Once and for all
להרס בעולם		To destruction in the world
ולמלחמה תמידית		And a perpetual war
בין אדם		Between man
לאדם?		And man?"

והשניים מנוגדים	196	And the two are ambivalent
וכבד ליבם.		And heavy is their heart.
וישמעאל פתאום		Then Ishmael suddenly
שואל:		Asks:
האם תהיי את עמנו		*Will you be with us*
בהיוולדנו		*When we will be born*
בשנית?		*Again?*

כן,	197	"Yes,
אתכם אהיה,		I will be with you,
אך רק		But only
בזיכרונכם,		In your memory,
ואת דבריי תישאו		And my words will be born
עמכם בהיוולדכם		With you

71

כי רבה מלאכתי עדיין		Because my work in
בזה העולם		This world now is not yet done,
וכאן אישאר.		And here I shall stay."
ומה אם שאלה לנו?	198	*And what if we have a question?*
אומר עשיו.		Says Esau.
הרי עולמנו חדש		*After all, our world a new world*
לנו יהיה.		*To us will be.*
לא ייראה עולמכם החדש	199	"Your new world will not look
לכם כחדש,		As new to you,"
עונה בת קול,		Replies Bat Kol,
כיוון שככל תינוק		"Because like any baby
שנולד בעולם חדש		Born into a new
או ישן,		Or old world,
תלמדו אתם הכל		You will learn everything
מהתחלה כלא היה.		As if for the first time."
אז איך נזכור את משימתנו	200	*So how will we remember our mission*
אם כתינוקות		*If as new infants*
נתחיל את חיינו		*We will start our new life*
החדשים		*And learn about our new*
בעולמנו החדש		*World as if for the first time?*
כבפעם הראשונה?		
ועוצרת בדבריה	201	And stops her words
בת קול לרגע,		The voice for a moment,
והשניים זה בזה מביטים		And the two look at each other
ומתרגשים		And are excited

כי מה אם רק רעיון הוא לה | Because what if only an idea
לאישה, הם חושבים, | The woman has, they think,
ולא אפשרי כזה מעבר | And no such transition
אל העתיד מהעבר | Into the future from the past
לבצע? | Can she perform?
אך ממשיכה בת קול בדברהָ, | But Bat Kol continues,
ולהם היא אומרת: | And to them she says:
את המלאכית לילה | "The angel Lailah
אגייס על מנת שתפתור | I will recruit to resolve
סוגיה מסובכת זו... | This complicated issue...
היא שתבטיח | She will guarantee that
שאחרי כניסתכם | After you enter
לעולם העתיד כתינוקות, | The future world as babies,
גם את חיי עברכם בעולם זה | You will also remember
תהיו זוכרים. | Your past lives from this world."

	202	
ומה הוא שמךָ?		*And what is your name?*
שואל		*Asks*
ישמעאל.		*Ishmael.*
נרצה שנינו לדעתו		*We would like to know*
על מנת שאותך נזכור		*To remember you*
לעת צרה		*In times of trouble*
ולא את דברייך		*And not your words*
נשכך.		*We will forget.*

	203	
בת קול הוא שמי,		"Bat Kol is my name,"
אומרת היא,		She says,
יען כי רק את קולי		"Because only my voice
תשמעו		You will hear

73

אך לעולם אותי		But never me
לֹא תראו.		You will see.

הסכימו אם כך!	204	"So, agree then!"
מתעקשת		Insists
בת קול.		Bat Kol.
האם לעולם חדש		"Will you go
אשר בו ביקרתי		To a new world
ואותו חוויתי		Which I visited
שנים רבות		And experienced
קדימה		many years
תלכו?		Forward?
האם למקום		Will you arrive
שונה וחדש		To a new and different
תגיעו		Place
ובו עם תושביו		And with its residents
תתמזגו ותתערבבו		Merge and mingle
כי כזרים אתם		Because strangers you are
בזה עולמכם		In this your world
ויודעים אתם		And you know
את צער ובושת		The sorrow and shame that
הזר בעיני עמו		The stranger feels
עצמו?		Amongst his own
		People?

האם אל עולם	205	"Will you go
העתיד תלכו		To a future world
בו בני עם אברהם,		Where
יצחק, ויעקב,		The children of Abraham,

אשר לילדיהם	Isaac, and Jacob,
הם מדי שנה	Who to their children
שונים	Every year
ושוב חוזרים	They say and have their children repeat
ומספרים	Back again
שמזרע עשיו באים	That from the seed of Esau come
האחרים והאדומים	The others
והאויבים הנוראים?	And the terrible Enemies?
ולהם תאמרו שבדרכם	And to them will you say that
זו הם טועים	They are wrong
כי אנשי הגויים	Because the Gentiles of the world
אשר את הכתוב הם רואים,	Who see
ואת כתבי	What some of the original text and
הרבנים הם קוראים	What some rabbis write,
מהם הם נעלבים,	Are insulted by their words
וכועסים הם נהיים,	And angry they become,
כי רואים הם	And themselves they see
את עצמם	As *others*
כאחרים,	Or less than equal?
או כפחות שווים?	

ומה היה פשעך,	206	"And what was your crime,
עשיו,		Esau,
התם והמקולל		The innocent and the cursed one
שברגע חולשת הרעב		Who during weakness of hunger
כשתחת אפך נזיד עדשים		When under your nose
מהביל		Steamy lentil
הניח אחיך יעקב		Your brother Jacob put so that
ועל נחלתך בסחרורך		Your judgment was impaired

וּבְלִקְוּי שִׁיפּוּטֵךְ וִיתַרְתְּ,	And your inheritance
וְשֶׁלְאָחִיךְ תֹּאמַר	For food you traded
אַחֲרֵי שֶׁאוֹתְךָ הוּא פִּיתָּה	To your twin brother
וּבְפַחְדָנוּת מִמְּךָ הוּא בָּרַח	After you he tempted
וּשֶׁבְּחֶזְרוֹ מִמַּסָּעוֹ	And cowardly from you he ran away
וּכְשֶׁאֶת נַחֲלָתְךָ מִמְּךָ הוּא יִיקַח	And that when he returns from
לוֹ אַתָּה תִּסְלַח	His journey your inheritance
וְעַל צַוָּוארוֹ בְּאַהֲבָה,	To him you will give
וּבְחֶמְלָה, תִּיפּוֹל	And him you will forgive
וּכְנֶגֶד דִּבְרֵי הַכּוֹתֵב	And on his neck with love
בְּצַוָּואר יַעֲקֹב לֹא תִּנְשׁוֹךְ?	And compassion you, Esau, will fall
	And unlike what is written about you
	You will not bite Jacob on his neck?

וּמַדּוּעַ מוֹעֲנָשִׁים אַתָּה	207	"And why are you two punished
וְלֹא אֵלּוּ הָרַבִּים		When the likes of King David
הַפּוֹשְׁעִים וְהַחוֹטְאִים		Will commit crimes and sins
כְּגוֹן דָּוִד הַמֶּלֶךְ		Even though as it is proper for a king
שֶׁלְמְרוֹת שֶׁכָּרָאוּי לַמֶּלֶךְ		Will be the Torah scroll
יִהְיֶה סֵפֶר הַתּוֹרָה		Complete and perfect by his side
הַגָּמוּר וְהַמּוּשְׁלָם לְצִידוֹ		To help him fairly judge
לְעָזְרוֹ		Defendants on trial fearing for dear life
בְּשׁוֹפְטוֹ אֶת הַמּוּאָשָׁמִים בְּעַמּוֹ		Where the Ten Commandments
שֶׁעַל חַיֵּיהֶם לְפָנָיו הֵם מִתְחַנְּנִים		On the tablets of the covenant are
וּבוֹ עֲשֶׂרֶת הַדִּבְּרוֹת		Engraved
בְּלוּחוֹת הַבְּרִית חֲרוּטוֹת		And in clarity of voice
וְהֵן בְּבָהִירוּת וּבְקוֹל זְעָקוֹת:		They yell:
לֹא תִּרְצַח!		You shall not murderer!
לֹא תִּנְאָף!		Do not commit adultery!

לא תחמוד!'	You shall not covet!'
ולמרות	And despite his transgressions,
אלו שלו העברות,	The chosen one who
רק כיוון שבן ישי הוא	Could do no wrong
אשר על ידי הכותב	Since glorified and honored he is
מראש	Already as a young man
וללא סיבה כתובה	Just because from the seed of Yishai
הוא, דוד האיש,	He comes, And in advance,
שירגיש שהוא ללא רבב	And with no stated reason
כי לתהילה ולכבוד	By the author,
כבר בצעירותו הוא נבחר,	He, David, will be selected
באותו אופן שרירותי שבו נדחו	In the same arbitrary manner that
ישמעאל ועשיו,	Esau and Ishmael were rejected,
ללא סיבה מספקת,	For no good reason,
עדיין מזרעו יבוא המשיח	Yet from his seed will come
שלהגעתו כולנו	The Messiah
העניים והעשירים,	For whose arrival
החולים והבריאים	The poor and the rich,
מחכים, מצפים,	The sick and the healthy
ומתפללים?	Patiently
	Wait, expect,
	And pray?"

ובשיר פורצת בת קול	208	And into song breaks Bat Kol
בקולה הערב		In her delightful voice
שהוא מתוק כדבש ניגר		That flows like sweet honey
ובצהריי יום קיץ		And is cool like a river
קריר הוא כמי נהר		On a summer day
וחמים וכה נעים הוא		And is warm and cozy

	English
בפנים בליל סערת חורף קר.	Inside on a cold winter storm night.
ומיד שובה הוא	And immediately it captivates
את לב השניים	The hearts of the two
בקולו ובמילותיו:	With its sound and its words:

209

על עוצמתך אשיר, עשיו:	"About your strength I sing, Esau:
אכן, ישלם יעקב	Indeed, Jacob must pay
על הונאת אביך, יצחק.	For deceiving your father, Isaac.
בפחד על חייו הוא ברח,	In fear he runs for his life,
מסעו כה יארך.	His journey so long.
ייאבק הוא עם אל.	He will struggle with El.
יחכה הוא לרחל ...	He will wait for Rachel…
"חזק אתה" אנו לך אומרים	'How strong you are' to you we say
ו"מה טובו אוהלך" אנו לך שרים.	And 'How good you are'
	To you we Sing.
אך את אחיך עשיו,	But still your brother, Esau,
על אשר לו עשית	Is not whole.
לא תפצה.	
ועדיין,	And yet,
יושב יעקב שם למעלה	Your brother Jacob sits up there,
ממש קרוב לשם,	So close to the One
המודד ובטור הטוב	Who measures us all,
אותנו הוא רושם,	Who writes us in the good column,
או לתהום ניפול.	Or down we fall.
ומדוע, שואל הקורא,	And why, asks the reader,
התמים נחשב לאדום,	Why is the innocent one
לזרעו של אויב איום?	The horrible seed of Edom?
קופח עשיו	Deprived
ומול עמו ישראל הוא	And humiliated is Esau
מושפל.	Before his nation Israel.

אַךְ לְךָ לְיַעֲקֹב הוּא יִסְלַח,		Yet Esau forgives you,
וְעַל כְּתֵפְךָ		And he will fall on your shoulder
הוּא יִפּוֹל		When you come back
כְּשֶׁתַּחֲזוֹר		To claim
וְתִדְרוֹשׁ		His legacy,
אֶת מוֹרַשְׁתּוֹ,		Land
אֶת אַדְמָתוֹ,		And nation,
וְעַמּוֹ לְעוֹלְמֵי עוֹלָמִים!		For eternity!"

וְאוֹמֵר עֵשָׂו אֶל	210	And quickly says Esau to his
דּוֹדוֹ יִשְׁמָעֵאל:		Uncle Ishmael:
אֵיךְ יוֹדֵעַ הַקּוֹל		"How does the voice know
עַל שֶׁאֶעֱשֶׂה בֶּעָתִיד?		What I will do in the future?
וְאֵיךְ יֵדַע הַקּוֹל		And how does the voice know
אֵיךְ אֶתְנַהֵג לִפְנֵי		How I shall behave before
אָחִי יַעֲקֹב?		My brother, Jacob?
וּמִי הוּא דָּוִד הַמֶּלֶךְ?		And who is King David?
וּמָה הֵן אֵלּוּ		And what are these
הַלּוּחוֹת הַחֲרוּטוֹת?		Inscribed tablets?"

וּמְהַר אוֹמֵר יִשְׁמָעֵאל:	211	And Ishmael quickly says:
אוּלַי רוּחַ הִיא,		"Maybe she is a spirit,
הַקּוֹל,		The voice,
וְנָע הוּא בֵּין		And moving she is between
הַזְּמַנִּים...		Times...
אִם יוֹדַעַת הִיא		If she knows
וּמְדַבֶּרֶת הִיא		And she speaks
עַל עֲבָרֵינוּ אָנוּ		Of our past
וְעַל כָּךְ לֹא יָדַעְנוּ,		And we did not know about it,

<table>
<tr><td>אז תדע היא</td><td></td><td>Then she must know</td></tr>
<tr><td>גם על עתידנו לבא,</td><td></td><td>About our future to come as well,</td></tr>
<tr><td>לא?</td><td></td><td>No?"</td></tr>
<tr><td>ובשקט שרה</td><td>212</td><td>And quietly sings</td></tr>
<tr><td>וממלמלת כאילו לעצמה</td><td></td><td>And murmurs as if to herself</td></tr>
<tr><td>בת קול בתפילה:</td><td></td><td>Bat Kol in prayer:</td></tr>
<tr><td>מי ייתן והרחמן,</td><td></td><td>"May the Merciful One,</td></tr>
<tr><td>יברך את אחיינו ישמעאל,</td><td></td><td>Bless our uncle Ishmael,</td></tr>
<tr><td>שהצילנו וגאלנו</td><td></td><td>Who saved us and redeemed us</td></tr>
<tr><td>ממעמקי הבור...</td><td></td><td>From the depths of the pit..."</td></tr>
<tr><td>ואז מוסיפה בת קול:</td><td></td><td>And then adds Bat Kol:</td></tr>
<tr><td>האם תשאלו אתם שניכם</td><td></td><td>"Will you two ask</td></tr>
<tr><td>את החופשיים והשבעים</td><td></td><td>The free and the satiated</td></tr>
<tr><td>להוסיף לברכת המזון</td><td></td><td>To add to their blessing</td></tr>
<tr><td>אחרי ארוחתם</td><td></td><td>Of the food after their meal</td></tr>
<tr><td>מילת הוקרה</td><td></td><td>A word of recognition</td></tr>
<tr><td>לאלו הישמעאלים הזרים</td><td></td><td>To the foreign Ishmaelites</td></tr>
<tr><td>והאחרים?</td><td></td><td>And the othered?</td></tr>
<tr><td>על שהוגנים בעסקתם היו,</td><td></td><td>For honest in their deal they were,</td></tr>
<tr><td>ושלא על פי עליהם הקללה</td><td></td><td>And despite the curse on them</td></tr>
<tr><td>כפראי אדם הם התנהגו.</td><td></td><td>Not like wild donkeys they behaved.</td></tr>
<tr><td>ועל שברירה שונה</td><td></td><td>And for their offering the brothers</td></tr>
<tr><td>לאחים הם אפשרו</td><td></td><td>A different choice</td></tr>
<tr><td>ושאת יוסף אחיהם</td><td></td><td>And that Joseph their brother</td></tr>
<tr><td>מין הבור הם משכו</td><td></td><td>They pulled out of the ground and</td></tr>
<tr><td>ואותו מידיהן הרצחניות</td><td></td><td>Him from their murderous hands</td></tr>
<tr><td>הישמעאלים הסירו</td><td></td><td>The Ishmaelites removed</td></tr>
<tr><td>ואל ארץ פרעה</td><td></td><td>And him to the land of Pharaoh</td></tr>
</table>

את יוסף עימם	With them
אל מצריים הם הביאו.	To Egypt they brought.
ושם לאחר זמן יוסף המושל	And there later Joseph the governor
כשעמדו לפניו שבטי ישראל	When arrived the tribes of Israel
ובעבור אוכל	And for food
ובחולשת הרעב	In the weakness of hunger
כחולשת עשיו	Like the weakness of Esau
כשבכניעה לפניו	When in surrender before him
השתחוו הבוגדניים אחיו	Bowed his treacherous brothers
ועל חייהם התחננו,	And begged for their lives,
בצער רב הוא בכה,	With great sadness he wept,
אך להם מזונות הוא סיפק	Yet sustenance to them he provided
ואת חיי עם	And the life of the nation
אביו יעקב,	Of his father Jacob,
אשר בנחלת תאומו	Whose twin brother Esau's
עשיו הוא חמד	Inheritance he coveted
ובו הוא בגד	And him he betrayed
ולמרות שקופח יוסף	And despite the deprivation of Joseph
בידי אחיו,	At the hands of his brothers,
סלח להם המושל הנדיב,	Forgave them the generous governor,
כפי שסלח עשיו לאחיו,	Like you Esau forgive your brother,
והציל הוא את אחיו ואת עמם	And he, Joseph, saved the nation of Israel
מהכחדה נוראה	From a terrible extinction by
ברעב.	Starvation."

וממשיכה בת קול:	213	And continues Bat Kol:
האם תצביעו אתם		"Will you two point out
על כך שאפילו פעם אחת		That not even once

81

לא היססו	They hesitated
או בקריאתם השבועית עצרו,	Or in their weekly readings
ושיר הלל	The freed ones stopped,
לישמעאל	And added a song in praise
הוסיפו בני החורין	Of Ishmael
ולילדיהם סיפרו	And to their children they told
והכירו בעובדה	And recognized
שהמדיינים והישמעאלים	The fact that the
הם אלו שאת יוסף	Midianites and the Ishmaelites
ממוות בטוח בבור	Were the ones who Joseph
הוציאו והצילו	From certain death in the pit
מידי אחיו אשר	They took out and saved
את כותונתו בדם הם טבלו	From the hands of his brothers
ואותה במרמה כהוכחה למותו	Whose coat in blood they dipped
לפני אביהם, יעקב,	And deceitfully as proof
באכזריות הם הניחו?	Of his death before their old
	Father, Jacob, they brutally laid?"

ושוב בשיר פותחת בת קול	214	And again, sings Bat Kol
בקולה הערב:		In her intoxicating voice,
בהגיעכם את זאת תלמדו:		"When you arrive, this you will teach:
שורו הביטו וראו		Look, observe, and see
הלויים, הכוהנים, ובני ישראל,		The Levites, the priests, and the Israelites,
ובשיר ובתופים שירו		And in song and drums sing a hymn
שיר תודה והלל		To them the sons of Ishmael,
להם למדיינים ולבני ישמעאל,		For Joseph from the pit
על שאת יוסף מין הבור הם משכו		They brought with them to the
ואת שבטי ישראל הם פדו.		Land of Egypt,

And the twelve tribes	ואותו אל ארץ מצריים עימם הישמעאלים
From doing evil they redeemed.	הביאו.
And he the distinguished governor	ובבא היום הוא יוסף המושל המכובד
With great sorrow and great	בצער רב ובמבוכה רבה הוא בכה,
Embarrassment wept,	אך לאחיו הרשעים הוא סלח
Yet again, he forgave his	ולחטאם הנורא כלפיו
Wicked brothers.	הוא בשנית מחל.
And their hands	וכפות ידיהם מפשעם
For the second time	הוא, יוסף, בשנית ניקה
Joseph cleansed from crime,	ואת עם אביו ישראל
And Israel his father's nation he	מסבל וממוות מחרפת הרעב
Rescued from suffering	בסמכותו הגבוהה יוסף המושל מנע.
And from dying of terrible famine,	על כן בשירכם אסירי תודה
With his great generosity	לישמעאל תהיו ואותו זכרו
And authority the governor prevented.	כי בא מהאל המלאך
Therefore, in your song and hymn,	ואת ישמעאל הוא ברך
Remember Ishmael of your family,	אך גם אותו קילל,
Because the angel blessed Ishmael	ואת נחלתו ממנו לקח
But also, him he cursed,	ואת ישמעאל בלבל והלך.
And his legacy from him he took	ואתם ידכם בהודיה אליו הושיטו
And left him confused.	והוא באהבה יקבלה
So you your hand	ולו בהערכה גדולה תודו
To him extend,	ואת נשמתו ונשמת אומתו תפדו
And thank him with great appreciation.	ולא כאחר או כזר
He will warmly receive it,	או כנוכרי או באכזריות
And Ishmael and his nation's souls	אליו תתנהגו
You redeem,	כי עברה התנהגות זו היא לכם
And not a transgression	כיוון שמצווים אתם
You will commit by treating them	את הגֵר הגָר בתוככם כעצמכם

לאהוב	Like the other or as a stranger
כי כמוכם בני אדם הם	Or as an alien or with cruelty,
עם חלומות	Because you are commanded to
ושאיפות	To love the foreigner
ובני משפחה הם לכם	Who lives amongst you
ולפי סיפורכם אתם	Like yourself,
אחיינים קרובים ויקרים	Because like yourselves
לכם בני ישראל	Foreigners are humans
הם בני ישמעאל,	With dreams and aspirations.
שסבכם אברהם סב הוא להם	And a family to you the
ואביכם יצחק דוד הוא לבני ישמעאל	Ishmaelites are,
ואח הוא יצחק לישמעאל.	And close and precious cousins
וכשיראה עם ישמעאל	To you Israelites
שנדיבים אתם	The Ishmaelites are,
בהסברתכם שזהו סיפורכם	And your grandfather Abraham
על מעלותיו וחסרונותיו	A grandfather he is to them,
ושלמרות שחשוב הוא לכם	And your father, Isaac, an uncle he is
ובו אתם אנשי הספר כה מאמינים,	To the sons of Ishmael
ואוהבים, ובו אתם דבקים,	And a brother he is
אין מכוון הוא כלפי הישמעאלים	To their father, Ishmael.
של היום ולא אל האדומים.	And when the Ishmaelite sees
ולעומת זאת סיפורם, שלהם הוא,	How generous you are with him,
להם תאמרו,	Explain that this old story
ואותו אתם מעריכים ומכבדים	Is your story
ולא מכשול לשלום בניכם	With its virtues and its flaws
סיפור יקים,	And although it is so important to you
ואז ייָרגעו כלפיכם הישמעאלים	And in it you the
כיוון שיילמדו הם	People of the Book believe
מסיפורכם	And it you love and to it you cleave,

כפי שתלמדו אתם	**It is not aimed at the Ishmaelites of Today**
מסיפורם	
שהצלחות העבר קידמה	**Nor at the Edomites.**
ושלום הן מביאות	But on the other hand,
אך בהצלחות	Their own story is theirs,
לא נבחין	And it you appreciate
ללא השוואות כנגד טעויות,	And respect,
שאותן מדגישים ושוב שונים	And not an obstacle to peace
בעלי הסיפורים השונים	A story will erect; rather, it
כי מהן הם לומדים	Will please the people of Ishmael
ועליהן כמיטב יכולתם	Because they will learn
הם לא שוב ושוב	From your story
חוזרים.	As you will learn
	From theirs,
	That past successes progress
	And peace with them they bring.
	But success we will not notice
	Or understand
	Without comparisons against mistakes,
	Which owners of the various stories
	Emphasize and learn from
	And try their best
	Not to repeat them
	Again, and again.

ושניכם שואלים תהיו	215	And you two ask the
את הנפרדות והמנוכרות		Separated and alienated
שתי קבוצות של בני דודים		Two groups of cousins
שזמן כה רב הם חוששים,		Who have been fearing,

ושונאים,	And hating,
ולוחמים הם במלחמת אזרחים,	And fighting a civil war,
ובהריגת זה את זה הם רגילים.	And killing each other.
כמה זמן את ילדיהן	How long they will
תמשכנה שתי הקבוצות להקריב	Continue to sacrifice
ולהנציח מלחמה ישנה	Their children
ועקובה מדם	And perpetuate a
בשם האלוהים?	Bloody old war
אלוהים שעכשיו מוכן הוא	In the name of God?
להכיר בפני האנושות	A God who is now ready to
על עידוד ההקרבה	Acknowledge to humanity
בחלק מהכתוב	And to its victims
בספרו.	For some of the written
לספר לנו כולנו	In His book.
שמיד מהההתחלה,	To tell us all that
ממש שם ואז,	From the start,
כאשר קין את אחיו הבל הרג.	Right there and then,
גבר צעיר מקנא	When Cain killed
שרצח את אחיו	His brother Abel.
כי מנחת הבל	A young envious man
של בעל חיים שהרג הוא באלימות,	Who killed his own brother
העדיף האל	Because Abel's gift of a
על פני פרי מהאדמה שהוגש בגאווה	Violently slaughtered animal
למתנה על ידי קין.	Was preferable to God
אותו מזון שאכלה החיה התמימה	Over fruit from the earth
מדי יום בהנאה	Proudly offered as a gift by Cain.
לפני שאת מותה היא מצאה בשחיטה;	Food that the innocent animal
פולחן עקוב מדם	Joyfully ate daily before it was killed.
שמנרמל גם רצח אנשים,	A Bloody Ritual

כיוון שבדם החי התמים	Which normalizes the murder of people,
הם היו משתוקקים,	Because the blood of the innocent
ולזמן רב נמשך הוא	Animal they grew to crave,
בעידוד הכוהנים	And for a long time, it lasted
אשר במזבח לעיני העם כולו	And was encouraged by the priests
הם היו שוחטים.	Who at the altar in front of all
האם תשאלו אתם שניכם	Were the butchers.
מדוע כך העדיף האל?	Would you two both ask
ואולי בזמן ההוא,	Why God so preferred?
אומרת בת קול,	And perhaps while man's personality
כשאישיות האדם	Was still malleable,
עדיין נתונה הייתה לעיצוב,	Says Bat Kol,
היה האל צריך להוציא,	He should have issued,
דרכי,	Through me,
התנצלות על יצירת אדם	An apology for creating a human
המסוגל לשקר או לרצוח.	Capable of lying or of murdering.
בדרך זו,	That way,
מעמד הר סיני	The Mount Sinai Event
היה משמש תזכורת	Would have served as a reminder
לצורך בחמלה במקום מלחמה	Of the need for compassion instead of war
ושחיטה,	And of slaughter,
ויאהב את שכנו האדם על פני האדמה.	So man will love his
ואז אלוהים יחבק	Neighbor on earth.
את שתי קבוצות האחים	And then God will embrace
הנפרדות.	The two groups as one.
קבוצת ישמעאל,	The Ishmael group,
וקבוצת יצחק.	And the Issac's group.
ותתקבצנה שתיהן כאחת,	And they will huddle together as one,

ויפרוס הוא חופת שלום	So, he can cast a canopy of peace
עליהן כאחת,	Over them as one,
ויבוא וישב	And dwell
איתן וביניהן,	Amongst them and with them,
ולא עוד יהיה הוא נעדר	And no longer will He
כפי שהיה לזמן כה רב.	Be absent like He has been
האל שאת שכינתו	For such a long time.
רק מרגישים האנשים	A God whose divine presence is felt
כשזה את זה הם	Only when people
אוהבים,	Love and respect and
מכבדים,	Support one another.
ותומכים.	Then, other groups of enemies
ואז תיראנה ותלמדנה	Will see and learn
קבוצות אויבות אחרות,	And will also unite
וגם הן תתייחדנה	Two by two.
שתיים שתיים.	And the whole world will be repaired
ויתוקן העולם כולו	In which He will dwell in peace."
ובו הוא ישכון בשלום.	

בת קול בדברה מפסיקה	216	Bat Kol's words are stopped
על ידי תחושה לא מוכרת,		By an unfamiliar feeling,
תחושה מזעזעת,		A shocking feeling,
תחושה קרה ועזה		A cold and intense sensation,
כי דבר מעל		For something
השניים		Is present above
נמצא.		Them.

את זה מיד	217	"This one right away
אקח!		I shall

88

דורש מלאך המוות		take!"
בנוכחות בת קול.		Demands the Angel of Death
		In the presence of Bat Kol.
והשנים	218	And the two
בשקט במקומם קפואים		Are quietly frozen in their place
ובאימה הם מקשיבים.		And in horror they listen.
רק דקה או שתיים...		"Just a minute or two..."
מתחננת בת קול.		Bat Kol is pleading.
הרי נסיבות		"After all, unusual
בלתי רגילות לפנינו...		Circumstances before us..."
ואין עונה לה המלאך	219	And the hurrying angel
הממהר.		Remains silent.
דקה אחת בלבד...	220	"Only one minute...
אולי?		Perhaps?"
מבקשת היא שוב.		She asks again.
מדוע?	221	*"Why?"*
שואל מלאך המוות.		Asks the Angel of Death.
מדוע תבקשי דבר		*"Why would you ask for something*
שיפריע למאזן דין האמת		*That would interfere with the*
בין החי		*Balance*
ובין המת?		*Between the living*
הלא תדעי דרכי אל?		*And the dead?*
לולא את כאן,		*Don't you know God's ways?*
מיד לוקֵחַ אני		*If you were not here,*

את זה		*Immediately I would take*
ישמעאל!		*This one, Ishmael!"*
אדע...	222	"I do know...
כמובן שאדע...		Of course, I know..."
נבוכה לפני מלאך המוות		Embarrassed before the Angel of Death is
בת קול.		Bat Kol.
אך בהשראתו		"But by His inspiration
פועלת אני...		I act...
ואלו השניים,		And these two,
יוצאי דופן הם.		Exceptional
		They are.
ותוכנית גדולה וחשובה		And a great and historic plan
לי עבורם,		I have for them,
מלאך כה חשוב ונכבד.		Your important and honorable angel.
כי זו הפעם הראשונה		Because this is the first time
שכך ייקרה		That this would happen
מאז נברא האדם...		Since man was created...
שצאצאיו--		That his descendants—
בני אדם,		Humans,
הללו שניים --		These two—
ממש יצליחו		Will really succeed
ויתקנו עולם כולו		And repair the entire world
בזמן חשוב		At an important time
שבו עריצים		Where tyrants
מסכלים		Prevent
כל ניסיון		Any attempt
בידי אנשים טובים		By good people
לעשות טוב ולתקן עולם שבור		

ובהמונים		To do good and to repair a broken
ברשע הם מתעתעים		World
ואותם הם מענים.		Where the masses
בפעם הראשונה ייקרה זה הדבר...		With evil and deceptive deeds
בפעם הראשונה!		They torture.
		For the first time this will happen…
		For the first time!"

ואיך זה שכל כך	223	"And how are you so
בטוחה את ביכולתם לעשות?		Sure, of their capabilities?
ולמה אלו השניים?		And why these two?
וערבות יש לך?		And what guaranty do you have?
האם תוכלי להבטיח את		Can you promise that they will
הצלחתם במשימתם?		Succeed in their mission?
אמרי לי בבקשה,		Show me, please,
הגברת בת קול!		Madam Bat Kol!"

הלא כבד מנשׂא	224	"Isn't it too great of a burden
עלך,		For you,
כבוד המלאך,		Honorable angel,
כשנשׁמת בוסר		When an unripe soul
מדי פעם		From its life
מחייה תקטוף?		You must pick?"

וּמתרכך מעט	225	And softens a bit
מלאך המוות:		The Angel of Death:
אכן, כואב ליבי,		"Indeed, it aches my heart,"
בשקט הוא אומר.		Quietly he says.
כאשר לא אבין מדוע		"When I can't understand why

כך פוסק האל		So rules God
ושלא יקשיב הוא		And will not listen
למחאתי,		He to my protest,
גבירתי בת קול.		My Lady Bat Kol.
אך לא אוכל לו לסרב		But I cannot refuse him,
ותמיד אעשה כרצונו!		And I will always do as he pleases!"

ומנסה היא שוב	226	And she tries again,
והשניים בשקט		And the two quietly
מקשיבים:		Listen.
לא לסירוב		"Not for a refusal
אבקש		I ask,
כבוד המלאך--		Your honor the angel —
-- !חלילה		God forbid! —
אך...		But...
התוכל לאזן את		Will you balance
זמן דין ישמעאל		The time of Ishmael's death
לעומת זה של מותו		Against the time of
בצאתו		His departure
בפעם הבאה?		Next time around?
התוכל להחסיר מזמנו בעתיד		Would you subtract from his time
את זה שעכשיו		In his future
תוסיף?		The time you will now add?"

לא אדע!	227	"I do *not* know!
-- כיוון שזה		Because this —
--!זה הדבר		Such a thing! —
אפילו פעם אחת		Not even once
לא נעשה!		Has happened!

כל שדינו נחרץ,		Every person whose time has come
את נשמתו		His soul
מיד אקח ללא חישוב!		Instantly I take without
		Some calculation

והשניים	228	And the two
את בת קול אומרת		Hear Bat Kol
שומעים:		Say:
ברוכה הבאה המלאכית		"Welcome to you, the angel
לילה...		Lailah…
מהרי!		Hurry!
שמעני, כבודה המלאכית,		Listen to me, honorable angel,
כי אלו השניים		Because these two
לזכור את עברם		Must remember their past
בהיוולדם שוב		When they will be born again."
מוכרחים יהיו.		

ואיך?	229	"And *how*?"
אומרת המלאכית		Says the angel
לילה.		Lailah.
איך יזכרו?		*"How will they remember?"*

יזכרו שניהם את עברם	230	"Both will remember their past
כי על שפתם		Because their lip
בצורה שונה באצבעך תקישי,		You will differently tap,
ולא בה כרגיל תכי		And you will not strike in the usual way
מיד אחרי		Immediately after

לידתם בשנית		Their birth
בעולמם העתידי.		In their future world."

ושותקת המלאכית	231	And the angel Lailah
לילה,		Is silent,
ומשב רוח קר ועז		And a gust of cold wind
מגיע עם קול		Arrives with the voice of the
מלאך המוות שעסוק היה		Angel of Death who
במקום אחר,		Was busy elsewhere,
האומר:		Who says:
כן,		"Yes,
כבוד המלאכית לילה.		Your honor the angel Lailah.
זו בת קול		This Bat Kol
בעיות קשות		Difficult problems
מביאה היא עימה		She brings with her
עלינו,		To us,
וממש חושש וכועס		And quite anxious and maddened
אנוכי.		I am."

אבל לא יוכלו	232	"But the two
השניים		Will not be able
להגשים את רצונו		To fulfill His will
אם לא כדבריי		If not, as I say
שניכם המלאכים		You two angels
תעשו...		Will do…

עשי כדבריי,	233	"Do as I say,
המלאכית לילה!		The angel Lailah!"
נוזפת בת קול.		Scolding is Bat Kol.

94

הבטיחי לי		"Promise me
שהשניים יזכרו		That the two will remember
הכל מחייהם אלו עכשיו		Everything from their current lives
בגלגול חייהם,		In the next incarnation of their lives,
הבא עליהם בעתיד הרחוק.		In their faraway future ahead."

ואומרת המלאכית לילה:	234	And the angel Lailah says:
ומה אם לא באצבעי אחבוט		"And what if I don't strike with my finger
או לא אכה בכלל		Or not even strike at all
וייזכרו השניים הכל		And the two remember everything
מחייהם אלו עכשיו		From their lives now
אך יישארו הם		But remain
ללא גומה		Without a dimple
על שפתם העליונה?		On their upper lips?
כן!		Yes!
כך כן לעשות אוכל,		That I could do,
אך לא באחריות כבדה זו של		But not the heavy
מכה אחרת וחדשה		Responsibility of another and
אטול!		A new blow I will take on!"

לא כך תעשי!	235	"You will not!
שפתם כשפת כל התינוק		Their lip like that of any baby's
תהיה!		Will be!"
מצווה בת קול.		Orders Bat Kol.

והשניים נבהלים,		And the two are startled,
ובשפתותיהם		And their lips they
הם נוגעים.		Touch.

אבל איך ומה אעשה?	236	"But how and what should I do?"
זועקת המלאכית לילה.		Cries the angel Lailah.
מכה אני,		"Should I strike,
או לא מכה		Or should I not
בהיוולדם שוב?		When they are reborn?
יזכרו,		Will they remember,
או לא יזכרו?		Or will they not?"

התוכלי להקיש חלש יותר?	237	"Can you tap less hard?'
שואלת בת קול.		Asks Bat Kol.

טוב... אנסה...	238	"Well... I'll try..."
אומרת המלאכית לילה		The angel Lailah
לבסוף,		Finally says,
אנסה...		"I'll try...
אך להבטיח עבודתי לא אוכל		But to guarantee my work I cannot
כי חדש זה המעשה		Because this act is new
עבורי.		For me."

וּמלאך המוות	239	And the Angel of Death
מכחכח בגרונו		Clears his throat
בשיעול ואז הוא אומר:		With a cough and then he says:
כבוד הגברת בת קול,		"Your honor Madam Bat Kol,
האם תשובה לך עבורי?		Do you have an answer for me?
היכולה את לומר מדוע		Can you tell me why
אדחה את עזיבת ישמעאל,		I should delay Ishmael's departure,
ולמה אלו השניים?		And why these two?"

ואומרת בת קול:	240	And Bat Kol says:
מקשה אתה בשאלתך		"A hard question you ask,
כבודו, כפי שראוי אתה.		Your honor, as you should.
אבל אין תשובה מושלמת		But there is no perfect answer
לזו שאלתך...		To this, your question…"

באמת?	241	"Hmmm?" Says
אומר מלאך המוות.		The Angel of Death.
ומהר ממשיכה בת קול:		And quickly continues Bat Kol:
בחרתי באלו השניים כיוון		"I chose these two because they
שמתאימים הם ביותר למשימת		Best fit the task of repairing
תיקון בעולם העתיד לבוא!		A hopeless future world!
כי בסבל האחר כמבוגרים יבחינו,		For empathetic adults they will
אבל כתינוקות חדשים יגיעו ויבינו		Become, but as new babies they
את אי הצדק בעולמם סביבם		Will arrive, and they will realize
דרך עיני הילד		The injustices around them
שמהר וטוב יותר יכול		Through the eyes of children
הוא ללמוד ולהבין.		Who can faster learn
ואמיצים וטהורים		And better understand.
הם יהיו ויתנהגו...		And courageously and untainted
אבל...		They will be, and they will act.
		But…

והשניים שומעים את	242	And the two hear
בת קול בוכה בדבריה		Bat Kol crying while speaking
ובהם מילים		Using some words
שאותן הם אינם מבינים:		They do not understand:
מדוע כך שניכם		Why are you two
כה מקשים?		Being so difficult?

האחד רוצה הבטחה.	One wants a promise.
וכמובן, יודע אתה,	And of course, you know,
כבודו מלאך המוות,	Your Honor, the Angel of Death,
שאפילו הוא עצמו,	That even He himself,
לא לך להבטיח יוכל	Will not promise
מה יעשה האדם.	What a person will do.
והרי עובר אתה בין הזמנים	And after all, you move through times
בהם אנשים מתים,	When people die,
ורואה אתה את הזוועות	And you see the horrors
אשר בני האדם זה לזה מבצעים.	That humans to each other do.
כמו פצצות אטום שאותן	Like atomic bombs that
הם זה על זה משגרים.	They at each other launch.
ואיך את הטבע,	And how nature,
מתנת האל הטוב סביבם,	The Gift from God to All humans
הם הורסים.	They destroy.
וכמה זקוק לאלו השניים,	And how greatly these two,
ישמאל ועשיו,	Ishmael and Esau,
בעולם העתיד.	Are needed in the future world.
ואת, מייללת בת קול,	And you, howls Bat Kol,
כבודה המלאכית לילה.	The Honorable angel Lailah.
אכן מסובכת היא	Indeed complicated
משימתך.	Is what I want.
אך בעלת ניסיון רב את	But you have extensive experience
בתפקידך,	In your practice,
הרי היטב יודעת את	You know very well
כמה חשובה היא	How important is
בקשתי ממך.	What I ask of you.
מקבלת את הרבה נולדים	You greet so many newborn babies
בכל העולם	All over the world who are

והם בתוכם תקווה מלאים,		Innately full of hope,
אך את מותם		But their deaths
הם מוצאים מוקדם,		They find early,
ויישר לידי מלאך		And straight into the hands of
המוות הם נופלים.		The angel of death they fall.
אז אנא ממך, אנא בכוח,		So please!
עשי כרצוני,		Please do as I say,
ושמרי כעסך לעצמך.		And keep your anger to yourself.

התלכו? התלכו?	243	*"Will you go? Will you go?"*
שואלת בקול נואש		Desperately asks
בת קול.		Bat Kol.

נלך,	244	"'Let's go,"
מחליטים השניים בקול.		The two decide in a loud voice.
נלך!		"Let's go!"

טוב הוא מעשיכם,	245	"Good is your deed,
ומודה אני לכם		And I thank you
על החלטתכם,		For your decision,"
אומרת בת קול		Says Bat Kol
ולאט מפסיק בכייה.		And slowly she stops crying.
טוב...		"Good...
כי אין בכוחי ולא		Because I do not want to
ברצוני אתכם		Nor can I
להכריח דבר לעשות...		Force you to do as I ask...
תודה לשניכם		Thanks, you two,
על שתלכו למקום		For going to a place

בו כה חשובים		Where so important
תהיו.		You will be."

ומוסיפה בת קול:	246	And adds Bat Kol:
לא תדע אם תוכל		"The angel Lailah can't tell
המלאכית לילה לשמר		If she can preserve
בכם		Your memory in you,
את זיכרונכם,		So I will leave this my place
ולכן לזמן אעזוב		For a while,
את זה מקומי,		And I will go
ואלך אני		Into the world of the future
אל עולם העתיד		With you,
עמכם,		And there I will try
ושם אנסה		And guide you."
ואתכם אנחה.		

ועדיין על ברכיו	247	And still on his knees
רוכן עשיו.		Esau leans over.
אוזנו על חזה ישמעאל,		His ear on Ishmael's chest,
ובחוזקה אוחז הוא		And tightly he holds on to
בדודו,		His uncle,
כי יודע הוא על סופו		Because he knows of his
הקרב לבא.		Pending end.
והמשרתים		And the servants
אשר מעל המיטה		Who sadly and helplessly
עומדים		Stand by the bed
בעצב		Before their master,
ובחוסר אונים		Ishmael,
בפני אדונם,		The beloved and

ישמעאל,	The weakened,
האהוב והלאה	At him they look.
הם מביטים,	And to him "Ishmael,
ואליו ישמעאל אדוננו, יקירנו,	Our dear lord,"
לו הם קוראים.	they cry.

ולוחש ישמעאל	248	And whispers Ishmael
באוזן עשיו:		In Esau's ear:
וגם לאימך, רבקה,		"And your mother, Rebecca, too,
תסלח.		You will forgive.
ובה לא תפגע.		And her you will do no harm."

וזועק בקולו עשיו:	249	And cries aloud Esau:
מבטיח אני, דודי.		"I do promise, my uncle.
אך אנא הישאר		But please stay
עוד מעט עמדי!		A little bit longer with me!"

וישמעאל בשארית כוחותיו	250	And Ishmael with the last of his
ולאחרונה בחייו		Strength
בעוצמה את אהובו		And for the last time
אחיינו עשיו,		His beloved
הוא חובק.		His nephew Esau,
אך נדם לבו,		He intensely embraces.
ונפח הוא את נשמתו,		But his heart falls silent,
וימות ישמעאל בתום		And his soul leaves him,
מאה שלושים ושבע שנים		And dies Ishmael at the age of
לחייו.		One hundred and thirty-seven years.

	251	And Esau rests
ונח עשיו בגופו		On his uncle Ishmael's body
על גופת דודו ישמעאל		For a long while.
לזמן רב.		Then again, he hears Bat Kol,
ושוב שומע הוא את בת קול.		And this to him she says:
וזו לו אומרת:		"Do not be sad, my brother Esau,
אל תיעצב אחי עשיו,		Because your uncle Ishmael,
כי דודך ישמעאל,		He no longer suffers.
כבר אינו סובל.		And he is in a world
ונמצא הוא בעולם		That is all good,
רך ונעים שכולו רק טוב,		Soft and cozy.
ויודע הוא ששוב אותך ייראה.		And he knows that he will see you again.
ושאתה שוב את דודך ישמעאל		And you will see your
תראה.		uncle Ishmael again.
כי אתו ביחד אחים תאומים		Because together as twin brothers
בעולמכם החדש תהיו,		In your new world you will be,
ושם תועלת רבה		And there great many benefits
תעשו.		You will provide.
ומורשה חדשה לכם		

תקימו אתם,		A new legacy for yourselves
ופתרונות לבעיות		You will create,
האנושות תמצאו.		And solutions to problems
וזו כולה		You will find.
בתיקון עולם בחריצות		And all humanity
תעשוק.		Will diligently
		Repair the world.

היה שלום, עשיו,	252	Peace be upon you, Esau,
וחזור למשפחתך		And go back to your family
עם מחלת בת ישמעאל,		With Mahalat, the daughter of Ishmael,
אשתך,		Your wife,
ושם באהבה תקבל את		And there you will receive your
אחיך יעקב, בחוזרו ממסעו.		Brother, Jacob, returning from his
ולו תגיש		Journey.
ללא היסוס		With love,
את אדמתך		And to him you will submit
ואת נחלתך		With no hesitation
שלו יהיו.		Your land
כי למרות שלא כצודקים		And your inheritance
הם נראים,		And his they will be.
כך התרחשו הדברים.		Because although not just
		They seem,
		That is how circumstances occurred.

אבל עבורכם שניכם,	253	"But for you two,
דודך ישמעאל		Your uncle Ishmael
ואתה, עשיו,		And you, Esau,
תפקיד אחר ניתן.		A different role is given.

שניכם ללא סמכות	You two, with no authority
ובלי שום כוח,	And with no might,
תנחו ותציגו	Will show and guide the
לנדחים ולאחרים	Rejected and the othered
ולנפסחים של האנושות	And the passed over of humanity
דרך להתחיל מחדש	A way to start anew
על ידי משא ומתן	By negotiating and by teaching
ועל ידי לימוד	The powerful and
החזקים	The indifferent
והאדישים	A way to view
דרך לצפייה	The othered as they
באחרים כפי	View themselves.
שצופים הם בעצמם.	And othered no more
ולא עוד אחרים	Your children will be
לילדיהם ילדיכם יהיו,	To their children,
וילדיהם	And othered no more
לא עוד אחרים	Their children will be
לילדיכם יהיו.	To your children.
ושניהם יתאחדו	And both will unite
כעם אחד	As one people
ויישאבו הנאה	And will draw pleasure from
משיתוף פעולה	Sharing resources and from
ומשיתוף משאבים	Coordinating efforts and
ומתיאום מאמצים	Cooperating in order
על מנת להועיל לקבוצה	To benefit both the group
ולאנשיה	And its individuals
השואפים ומתגאים	Who strive and take pride
בעשיית טוב	In doing good for
למען עשיית טוב	The sake of doing good

וילמדו את העולם

סביבם

על מנת לשמרו

ולשפרו עבור רבים

הדורות הבאים.

כיון שהדחף

לעשות עוול או

לפגוע באחרים יפחת

כשהורים יראו וילמדו

את שלהם הצעירים להסתפק

ומאושרים להיות במצבם

ובמקומם בעולם

ולהתמקד בשיפור

הביצוע של עצמם

וממנו להסתפק

ומללמד ולעזור לכלל האנושות

בעזרת מה שהם כבר למדו ויודעים.

וזה הידע מקדם שמירה-עצמית

ודרך טובה לחיזוק

כל קבוצת האנושות.

שבה מודים האנשים

את הצלחת ביצועם

כנגד האיכות בה הם מלמדים

את האחרים והשונים

ובכך הם מקדמים את הטוב,

ושבת האדם בסוף חייה תאמר:

*מכל מלמדי השכלתי

ומכל תלמידיי החכמתי לעשות.

And study the world

Around them for

The sake of preserving

And improving it for

Generations to come.

Because the drive

To do wrong or to do harm to others

Will diminish

When parents show and teach

Their young to be content

And happy with their own

Situation and in their own

Place in the world

And focus on improving

Their own performance

And be satisfied with

Teaching and helping humanity

With what they have

Already learned and know,.

Which promotes self-preservation

Through strengthening

The entire group of humanity.

When people measure

The success of their performance

By how useful they are to

The othered and the different

And by promoting good,

And when one at the

End of her life will say:

*'From all my teachers I learned,
And wiser I am thanks to
All my students.'

	254	"Yes, your honor the voice,

כן כבוד הקול, 254 "Yes, your honor the voice,
כדברך אעשה. I will do as you say."

וגם לרבקה אימך 255 "And your mother, Rebecca, too,
באופן מוחלט Absolutely
וללא טינה And with no resentment
תסלח. You will forgive."

כן כבוד הקול, 256 "Yes, your honor the voice,
כדברך אעשה. I will do as you say."

וגם אל אביך, יצחק, 257 "And your father, Isaac,
בכבוד ובאהבה With respect and love
תתנהג. You will treat."

כן כבוד הקול, 258 "Yes, your honor the voice,
כדברך אעשה. I will do as you say."

ולבסוף, אומרת בת קול, 259 "And finally," says Bat Kol,
רק אם סובלני, מכבד, וסבלני "Only if tolerant, respectful,
יהיה אדם לחברו, And patient
עשיר או עני, Will be one person to another,
חולה או בריא, Rich or poor,
ורק אם את צעיריכם תלמדו Sick or healthy,
שוב ושוב And only if you teach your young

איך להתנהג כלפי כל אשר יפגשו	Time and time again
ביראת כבוד ובחמלה	How to treat all who they encounter
ושהתנהגות שונה כלפי הזולת	With reverence and compassion
כשִׂנאה או הפליה	And that any other behavior
אינה מקובלת ואינה מורשה	Toward any fellow man
על ידי חברת העולם כולה,	Like hate or discrimination
לכל מִנְיָהּ וסוגֶהָ	Is unacceptable and forbidden
ולכל צבעיה,	By the entire world society,
עם אמונות שונות,	Including all types of its people
ועם דעות שונות	Of all colors,
שאותן בחופשיות ובלי פחד יבטאו,	Of all different persuasions,
להצליח תוכלו	And with different opinions
במשימתכם לתקן	They are free to express without fear,
עולם שבור.	Will you succeed in your mission
	Of repairing a broken world."

כן כבוד הקול,	260	'Yes, your honor the voice,
כדברך נעשה.		We will do as you say."

ואחרי מות ישמעאל	261	And after the death of Ishmael
וקבורתו,		And his burial,
התאבלו עליו		Mourn him
בני שבטו		His loyal
הנאמנים		And trusted tribe
עם כל עבדיו		With all his servants
וכל שנים עשר		And all twelve of
האהובים בניו,		His beloved sons,
נשותיו ובנותיו.		Wives, and daughters.
אשר בבגדיהם הקרועים		And in their torn clothes

שתקו הם בשתיקת	They are silent
האבלים	In mourners' silence
עם שאר ההמונים	With the rest of the masses
בחברת עשיו	And with Esau
לימים רבים.	For many days.

ועולה עשיו	262	Then Esau,
שכבר אינו נעלב,		Who is no longer offended,
ואשתו מחלת		Mounts his impatient red horse
בת ישמעאל אשר		Waiting for the command of his master.
בחזקה		With his wife Mahalat,
בו אוחזת היא מאחוריו		The daughter of Ishmael,
על סוסו האדום,		Tightly holding him behind,
אשר בקוצר רוח		He quietly says
לפקודת אדונו הוא ממתין.		To the sadly
ובשקט אומר עשיו		Bent-over Ishmaelites
לישמעאלים		As they gather around
העצובים והכפופים		For Esau's departure:
בהיפרדו		"Leave the dark, beloved horse
לקראת לכתו:		Here close to my uncle's grave
השאירו את זה השחרחר,		So free like his master, Ishmael,
פה קרוב לקבר דודי אוהבו		In his fields
שחופשי כאדונו, ישמעאל,		And in his deserts
בשדותיו ובמדברותיו		He will
יהלך וידהר.		Walk and will gallop."

והלה השחרחר	263	When the dark one
בהבחינו		Notices
בעשיו על סוסו		Esau uphill on his horse

במעלה ההר	With a trail of children running
עם שובל ילדים הרצים	After him,
אחריו,	Sadly, and anxiously
בעצב ובדאגה	He neighs.
הוא צוהל.	Ishmael's servants
עבדי ישמעאל	Hurry to the horse,
אל הסוס ממהרים,	And it they caress
ואותו הם מלטפים	And soothe,
ומרגיעים,	And with their hands
ובידיהם	To Esau *Salam*
אל עשיו סאלם	They wave,
הם מנפנפים,	And bitterly
ובבכי מר בוכים,	They cry
מנפנפים	And wave.
ובוכים.	But in their place
אך במקומם	They stay
הם נשארים	Until turn horse
עד שהופכים סוס ורוכביו	And riders
לגלגל אבק אדום	To a red wheel of dust
אשר מגיע הוא	That upon arrival
אל ראש ההר	At the mountain top
ואז הוא נעלם	Like the sun is hastily
כשמש השוקעת במהרה	Sinking into the sea
בים מדי יום בסוף יום.	At end of day
אך לעולמי עולמים	Every day.
לא תראה היא שוב.	But it will never be seen again.

הערות לקורא

NOTES to reader

על פי המקרא, כאשר **אברהם** התיישב בכנען עם אשתו, שרה, הוא היה בן 57 וחסר ילדים, אך אלוהים הבטיח כי "זרעו" של אברהם יירש את הארץ ויהפוך לעם. נולד לו בן, ישמעאל, על ידי המשרתת של אשתו, הגר, וכאשר אברהם היה בן 001 היה לו ולשרה בן, יצחק. (בריטניקה)

According to the Bible, when **Abraham** settled in Canaan with his wife, Sarah, he was 75 and childless, but God promised that Abraham's "seed" would inherit the land and become a nation. He had a son, Ishmael, by his wife's maidservant, Hagar, and, when Abraham was 100, he and Sarah had a son, Isaac. (BRITANNICA)

שרה, בברית הישנה, אשתו של אברהם ואימו של יצחק. שרה הייתה נטולת ילדים עד גיל 09. (בריטניקה)

Sarah, in the Old Testament, wife of Abraham and mother of Isaac. **Sarah** was childless until she was 90 years old. (BRITANNICA)

הגר, בברית הישנה (בראשית 61: 1–61; 12: 8-12), פילגש אברהם ואימו של בנו ישמעאל. נרכשה במצרים, היא שימשה כמשרתת לשרה. (בריטניה)

Hagar, in the Old Testament (Gen. 16:1–16; 21:8–21), Abraham's concubine and the mother of his son **Ishmael**. Purchased in Egypt, she served as a maid to Sarah. (BRITANNICA)

ישמעאל בברית הישנה (בראשית 61: 1–61; 81–62; 12: 71 ,12–1),¶אשתו של אברהם, שרה, בתחילה לא הייתה מסוגלת ללדת ילדים ולכן נתנה לאברהם את הגר המשרתת שלה להרות יורש. ישמעאל נולד וגדל במשק הבית של אברהם. אולם כעבור 31 שנה, הרתה שרה את יצחק, עמו הקים אלוהים את בריתו. יצחק הפך ליורש היחיד של אברהם, וישמעאל והגר גורשו למדבר, אם כי אלוהים הבטיח כי ישמעאל יקים עם גדול משלו.¶(בריטניקה)

Ishmael, in the Old Testament (Gen. 16:1–16; 17:18–26; 21:1–21), Abraham's wife Sarah was initially unable to bear children and therefore gave Abraham her maidservant Hagar to conceive an heir. Ishmael was born and brought up in Abraham's household. Some 13 years later, however, Sarah conceived Isaac, with whom God established his covenant. Isaac became Abraham's sole heir, and Ishmael and Hagar were banished'd to the desert, though God promised that Ishmael would raise up a great nation of his own. (BRITANNICA)

111

יצחק, בברית הישנה (בראשית), השני באבות ישראל, בנם היחיד של אברהם ושרה, ואביהם של עשיו ויעקב. למרות ששרה עברה את תקופת הפוריות, אלוהים הבטיח לאברהם ולשרה שיהיה להם בן, ויצחק נולד. מאוחר יותר, כדי לבחון את צייתנותו של אברהם, אלוהים ציווה על אברהם להקריב את הילד. אברהם עשה את כל ההכנות לקורבן, אך אלוהים חס על יצחק ברגע האחרון. (בריטניקה)

רבקה מופיעה במקרא העברית כאשתו של יצחק ואם של יעקב ועשו.

עשיו המכונה גם אדום, בברית הישנה (בראשית 52: 91–43; 72 ;82: 6–9; 23: 3–12; 33: 1–61 ;63), בנו של יצחק ורבקה, אח תאום גדול של יעקב, ובמסורת העברית האב הקדמון של בני אדום. בלידתו עשיו היה אדום ושעיר, והוא הפך לצייד נודד ואילו יעקב היה רועה צאן. (בריטניקה)

יעקב, העברי יעקב, ערבית יעקב, נקרא גם ישראל, ישראל העברית, ערבית ישראלי, הפטריארך העברי שהיה נכדו של אברהם, בנו של יצחק ורבקה, והאב הקדמון המסורתי של עם ישראל. סיפורים על יעקב במקרא מתחילים בספר בראשית 52:91.

Isaac, in the Old Testament (Genesis), second of the patriarchs of Israel, the only son of Abraham and Sarah, and father of Esau and Jacob. Although Sarah was past the age of childbearing, God promised Abraham and Sarah that they would have a son, and Isaac was born. Later, to test Abraham's obedience, God commanded Abraham to sacrifice the boy. Abraham made all the preparations for the ritual sacrifice, but God spared Isaac at the last moment. (BRITANNICA)

Rebecca appears in the Hebrew **Bible** as the wife of Isaac and the mother of Jacob and Esau.

Esau is also known as Edom, in the Old Testament (Genesis 25: 19–34; 27; 28: 6–9; 32: 3–21; 33: 1–16; 36), the son of Isaac and Rebecca, Jacob's great twin brother, and in the tradition Hebrew Ancestor of the sons of Edom At his birth Esau was red and hairy, and he became a wandering hunter while Jacob was a shepherd. (Britannica)

Jacob, Hebrew Yaʿaqov, Arabic Yaʿqūb, also called Israel, Hebrew **Yisraʾel**, Arabic **Isrāʾīl**, Hebrew patriarch who was the grandson of Abraham, the son of Isaac and Rebekah, and the traditional ancestor of the people of Israel. Stories about **Jacob in the Bible** begin at Genesis 25:19.

מואר "**בת קול**", (כלומר הד של קול שמימי, או קול אלוהי "שפעם הוסר"), קול שמימי או אלוהי שחשף את רצונו, הבחירה או השיפוט של אלוהים לאיש. על פי המסורת הרבנית, בת קול נשמעה כבר בתקופת המקרא. (בריטניקה)

עבור שירות זה הוא נעשה **מלאך המוות** ונמסר לו פנקס של כל המין האנושי. בעוד שעזראל יכול להכיר את שמו של המבורך (אפוף באור) ואת הארורים (אפוף באפלה), הוא לא יודע מתי מישהו ימות עד שהעץ שמתחת לכיסא ה' ישליך עלה הנושא את שמו של האדם. (בריטניקה)

על פי המסורת היהודית, לפני שנולד כל ילד לומד את כל התורה ואת תולדות נשמתו על ידי המלאכית **לילה**. כשנולד, המלאכית מכה באצבעה בשפה העליונה של התינוק בקלילות, מה שיוצר את הגומה בשפה העליונה, והתינוק שוכח את כל מה שלמד ברחם.

* מכל מלמדי השכלתי הוא ביטוי רווח שמשמעותו כי גם אדם חכם וידען יכול ללמוד **מכל אחד** – גם ממקור בלתי צפוי. מקור הביטוי בספר תהילים "מִכָּל מְלַמְּדַי הִשְׂכַּלְתִּי, כִּי עֵדְוֹתֶיךָ שִׂיחָה לִי."

BAT KOL; lit. "daughter of a voice," i.e., an echo of a heavenly voice, or a divine voice "once removed"), a heavenly or divine voice which revealed God's will, choice, or judgment to man. According to rabbinic tradition, the bat Kol was already heard during the biblical period.

For this service he was made the **Angel of Death** and given a register of all mankind. While Azrael can recognize the name of the blessed (circled in light) and the damned (circled in darkness), he does not know when anyone will die until the tree beneath God's throne drops a leaf bearing the man's name.

According to Jewish tradition, before it's born every child learns the entire Torah and the history of its soul by the angel **Lailah**. When it is born, the angel lightly strikes the baby's upper lip with her finger which creates the dimple on its upper lip, and the baby forgets all that it learned in womb.

* From my teachers I am better educated is an expression that means that even a wise and knowledgeable person can learn from **anyone** - even from an unexpected source. The source of the phrase in the book of Psalms, "I know more than all my teachers, for your wisdom, I understand."

הערות מחקר	Study NOTES

הערות מחקר	Study NOTES
~	~

הערות מחקר		Study NOTES

הערות מחקר	Study NOTES
~	~

הערות מחקר	Study NOTES